是家人，也是凶手

绝望照护者的自白

母親に、
死んで欲しい

[日] NHK特别节目录制组 / 著

丁丽阳 / 译

中信出版集团

图书在版编目（CIP）数据

是家人，也是凶手：绝望照护者的自白 / 日本 NHK 特别节目录制组著；丁丽阳译. -- 北京：中信出版社，2024.5
ISBN 978-7-5217-6517-5

I. ①是⋯ II. ①日⋯ ②丁⋯ III. ①报告文学－日本－现代 IV. ① I313.55

中国国家版本馆 CIP 数据核字（2024）第 080245 号

HAHAOYA NI, SHINDEHOSHII : KAIGO SATSUJIN · TOJISHATACHI NO KOKUHAKU
by NHK SPECIAL SHUZAIHAN
Copyright © NHK 2017
Original Japanese edition published in 2017 by SHINCHOSHA Publishing Co., Ltd.,Tokyo
Simplified Chinese translation rights arranged with SHINCHOSHA Publishing Co., Ltd.
through BARDON CHINESE CREATIVE AGENCY, Hongkong.
Simplified Chinese translation copyrights © 2024 by CITIC Press Corporation,China
ALL RIGHTS RESERVED
本书仅限中国大陆地区发行销售

是家人，也是凶手：绝望照护者的自白
著者： ［日］NHK 特别节目录制组
译者： 丁丽阳
出版发行：中信出版集团股份有限公司
（北京市朝阳区东三环北路 27 号嘉铭中心　邮编 100020）
承印者： 河北鹏润印刷有限公司

开本：880mm×1230mm 1/32　印张：6.5　字数：130 千字
版次：2024 年 5 月第 1 版　印次：2024 年 5 月第 1 次印刷
京权图字：01-2024-1479　书号：ISBN 978-7-5217-6517-5
定价：58.00 元

版权所有·侵权必究
如有印刷、装订问题，本公司负责调换。
服务热线：400-600-8099
投稿邮箱：author@citicpub.com

「母亲给了我生命,我却亲手夺走了她的生命。真是罪大恶极……我正在深刻反省自己的罪孽。」

——50多岁的男性当事人,案发后被判入狱

「我耳边传来一个奇怪的声音,对我说……
『机不可失,时不再来。要杀孩子他爸,现在是唯一的机会。』」

——80多岁的女性当事人

前　言

2016年7月3日，NHK特别节目《我杀死了我的家人："照护杀人"当事者的自白》播出了。

在这期节目的基础上，节目导演和记者共同撰写了本书。在节目筹备期间，采访团队成员不断推进着采访工作，与因照护高龄亲属而承受巨大痛苦，甚至犯下杀亲罪行的当事人直接对话，旨在探寻他们犯罪行为背后的原因。在本书开头，我想简要为读者介绍制作这期特别节目的初衷。

"照护"早已成为我们的时代关键词。在照护亲属的过程中出现了许多现象，例如高龄老人相互照护的"老老照护"，因照护亲属而离开职场的"照护离职"，同时照护多位亲属的"多重照护"等。

据日本政府统计数据显示，日本全国65岁以上的老年人有

I

3392万[1]人，其中需要接受照护的人数达到634万[2]。在这样的背景下，日本全国各地照护者杀害自己家人的案件层出不穷。

在埼玉，有一名女性长期照顾自己80多岁患有阿尔茨海默病的母亲，她开车载着母亲和身患疾病的父亲冲进河里，企图全家自杀。最终，年迈的父母死亡，她也因此身陷囹圄。还有这样一起悲惨事件：80多岁的老人杀害了身患阿尔茨海默病的老伴儿，案发后他在拘留所拒绝进食，最后衰弱而死。

子女杀害父母、丈夫杀害妻子案件的当事人在犯下杀人罪时，究竟是怎样的心境？案发当时，他们之间又曾有过怎样的交流呢？想象一下都令人揪心不已。

"难道真的无法阻止这些悲惨案件吗？"这正是我们制作这期节目的出发点。

在开始搜集信息时，我们的首要目标是掌握全日本"照护杀人"现象的整体情况，但起初甚至连最基本的信息都难以获得。因此，到底已经有多少起这样的惨剧发生，我们当时一无所知。

我们在警方统计资料中查询了犯罪嫌疑人被逮捕的数据，搜索了动机是"因照护和看护病人导致疲劳"的案件。仅2015年，

---

1 这一数据来自日本内阁府《平成28年版高龄社会白皮书》。"平成"是日本第125代天皇明仁的年号，时间跨度为1989年1月8日至2019年4月30日，平成28年即2016年。——原书注

2 这一数据来自日本厚生劳动省《平成29年5月长期照护保险工作进展报告（暂定版）》中被认定为"需要照护"和"需要支援"的参保人数。——原书注

就有42起杀人案、2起与自杀相关的案件和5起纵火案。然而，在这之中有多少嫌疑人是在照护高龄亲属时犯下罪行的呢？警方的记录中并没有更详细的信息。

为了解决这个问题，我们除了查阅日本全国各地NHK电视台的新闻稿，同时也设法调阅了庭审记录，调查过去6年中发生的案件，以增加可供搜集信息的案件的数量。同时，我们将从资料中获取的事实性信息，如"截至案发的照护时长""是否参加了长期照护保险""是否与被害人进行过沟通""加害人对照护的热忱程度"等，逐一输入电脑制成电子表格，巨细无遗。

特别节目的开头揭示了一个令人震惊的事实："在今天的日本，每两周就会发生一起'照护杀人案'。"这一前所未闻的数字正是记者与导演长达数月不懈调查的结果。

全面推进资料搜集的同时，采访团队也致力于获得与当事人（也就是犯案者）直接对话的机会。由于照护涉及诸多个人隐私，我们认为，尽管我们在案发现场进行周边走访并从案发家庭的熟人、朋友那里了解情况，但想要真正触及事实本质，了解照护者如何被逼到绝境，仅靠这样是不行的。

采访的艰难程度可想而知。

绝大多数杀害亲属的人都被判有罪，其中入狱服刑的人在刑满释放后多数选择离群索居，尽量避免和公众接触；被判缓刑的人也几乎都是如此。对我们来说，采访请求被拒绝已是家常便饭。有时候，登门拜访的采访团队还会被应门的家族成员高声呵斥并赶出门外。不过，也有一些人时断时续地向我们倾诉自己的痛苦回忆，记者和导演把握住这部分当事人，通过多次沟通与他们建立了信赖关系，最终完成了采访拍摄工作。

此外，采访团队还与日本法务省和各地监狱进行了多次交涉，争取机会采访服刑人员。有位男性杀害了自己身患阿尔茨海默病的生母，他哭诉着弑母的心路历程，仿佛犯下的罪行也令他自己不寒而栗。我永远不会忘记在剪辑室观看那段采访视频时内心受到的冲击，那时候我完全无法接受他说出来的话，只是一味地盯着画面，瞠目结舌。

我们也采访了一位目前正在照护家人的男性。这位男性向我们表达了深刻的悔意，因为在身患阿尔茨海默病的老母倒下之际，他曾经犹豫过是否要为她叫救护车。而对于那些已经犯下照护杀人罪的人，他是这么说的：

"我想对他们说：'你的照护生活结束了。'"

节目剪辑的最后阶段，我在手边的笔记本上记下了一段采访导演说的话："照护杀人是无法饶恕的罪行。我们不断采访各种各样的人，有些人走向了犯罪，而有些人没有，我们想界定二者之间的'边界'，但采访的人越多，就越搞不清那条线在哪儿。"

制作这期节目的初衷是希望防止更多悲剧发生，我们对这个目标坚定不移。

然而，采访团队亲眼所见的现实是极为残酷的。现实中的照护生活没有出口，也无法看到一丝光明。我想原原本本地将事实呈现在观众眼前，它们曾经令采访者惊愕到无法做出任何反应。

实际上，早在多年前，1991年6月9日播出的NHK特别节目《生死相依：老夫妇双双离世的背后故事》就曾详细报道过一起因照护而引发的自杀案。当时日本社会还处于泡沫经济的高峰期，一对老夫妇住在城市一隅，本应安度晚年，但因为妻子患上了阿尔茨海默病，最后两人携手踏上了死亡之旅。节目对老两口在旅途中遇见的人进行了细致的采访，以此追溯两位老人的足迹，了解他们在走向自杀的过程中内心深处的起伏。

节目的结尾是这样的："两位老人步伐缓慢地走向大海。从他们离开家起，已经过去了25天。这一天的日本海，风平浪静……"当时的节目并没有明确发出对社会的诘问。

即便如此，节目依然把一个沉重的问题无声地摆在观众面前："在追求经济繁荣的道路上，我们或许已经错失了某些重要的东西。"而我也不禁扪心自问：终有一天，我也将面对家人与自己的衰老，到那时，我会做出怎样的选择？

在制作节目时，我将1991年的那期节目视为重要的参考资料，反复观摩。然而，在本书尚未付梓的阶段，我们就接到了当年制作节目的老前辈中村均先生的讣告，非常遗憾没能有机会聆听他对我们节目的看法。在此，特向中村先生表达感激之情，并衷心希望本书也能像他制作的节目那样深深触动读者的心。

NHK大阪新闻局新闻部总制片人　横井秀信

目 录

I 前 言

第一章　突然开始的长期照护

002　案件 1　"那时候，我觉得她是个披着我妈妈外皮的怪物。"

019　案件 2　"我从来没想过，会是我来照顾老伴儿。"

第二章　即使妻子判若两人，我也不想和她分离……

042　案件 3　"我们既然结为夫妇，就不想被分开。"

062　案件 4　"如果我死了，把我老伴儿一个人扔在这世上，她是一天也活不下去的。"

第三章　只有我能照顾我老伴儿

072　案件 5　"我并不后悔。我知道自己做的事情是错的，但是别无选择，只能这么办。"

083　案件 6　"机不可失，时不再来。要杀孩子他爸，现在是唯一的机会。"

099　　　　案件7　"不管家庭成员有多少，最终，
　　　　　　　　　照护的重担只会落到一个人肩上。"

第四章　在照护离职之前

114　　　　案件8　"如果能在不辞职的情况下照护家人，
　　　　　　　　　那是最好的。可是真的存在这样的方法吗？"

123　　　　案件9　"妈妈太可怜了，所以我动了杀心。"

第五章　犯罪的边界在哪里？

132　　　　案件10　"结果，逃兵才是赢家。"

139　　　　案件11　"我觉得照护母亲之前的那个我已经死了。"

151　**第六章　我们是否能防患于未然？**

169　**终　章　"照护杀人案"追踪实录**

183　**后　记**

第一章

突然开始的长期照护

案件 1

"那时候，我觉得她是个披着
我妈妈外皮的怪物。"

照护罹患阿尔茨海默病的母亲 2 个月后，
亲手勒死母亲的 50 多岁男性犯人

这是一所监狱的会面室。被访者跟随队伍走进了房间，腰杆挺得笔直。他慢慢坐下，仿佛终于下定了决心，开口说道：

"我杀了自己的亲生母亲。她得了阿尔茨海默病……母亲给了我生命，我却亲手夺走了她的生命。真是罪大恶极……我正在深刻反省自己的罪孽。"

这起弑母案发生在 2014 年的冬天。

案发当天是那段日子里气温最低的一天，日本中部地方[1]警察总部的记者俱乐部[2]接到一条新闻线索：一名高龄女性在公租房里离世。同一天上午，警察局接到报案电话，有人声称自己"杀了母亲"。

负责接警的警察进一步询问了案件细节。这是一起近亲杀人案——亲生儿子杀害了自己年迈的母亲。

案发现场是位于郊外小山上的公租房，那是一栋常见的普通结构集体住宅楼。为了进行现场勘查，警方禁止闲杂人等进入案发住宅楼的房间和走廊。楼栋周围没有可以挡风的建筑，因此走廊里冷风飕飕地吹个不停。来到现场的警察们纷纷感叹"真是冷得够呛"。在这样的大冷天发生案件很难不令人感到惊讶。裹着厚大衣的记者手持摄像机，向邻居们打听这家人的生活情况。

这栋楼每层都住着大约 20 户人家，记者走访了楼上和楼下的所有住户，和这家人住在同一层的人对他们家的情况相对比较清楚。

这家人在这里已经住了几十年，邻里关系相当和睦。已故的母亲已经 80 多岁，和邻居一直相处得很融洽。几年前，老太太

---

[1] 中部地方，日本地域中的大区域概念之一，位于日本本州岛中部，拥有以名古屋为中心的名古屋都市圈。下辖爱知县、新潟县、富山县、石川县、福井县、山梨县、岐阜县等。——译者注（本书若无特殊说明，均为译者注）
[2] 记者俱乐部（記者クラブ），指的是由日本新闻协会、日本广播协会（NHK）和日本民间放送联盟（JBA，简称民放联）牵头，全日本报社、新闻机构和电视广播公司共同成立的非营利性独立组织，成员包括全国主要报纸、电视台和新闻机构等，在首相官邸、省厅、地方自治体、地方公共团体、警察、业界团体等地设置记者室。

因为腿脚不便开始以轮椅代步，不过有人曾见过她和儿子一起去买东西，也有人看到过她在早上前往日托服务[1]机构。而且，接受采访的人几乎众口一词："这不是那种会发生案件的家庭，我想不明白他家为什么会发生杀人案。"

可是，随着采访的深入，我们越来越觉得这件事似乎不太对劲儿。

无论怎么打听，都没有人表示认识那个将母亲杀害的儿子。实际上，这个家里除了他，还有他哥哥跟他们一起住，而且哥哥似乎已经照顾母亲很长时间了，和老人一起去购物的也是哥哥。邻居们都知道哥哥在照顾母亲这件事上付出了多少，却几乎都不认识那个杀了人的弟弟。

为了获取更详细的信息，我们采访了负责公租房的民生委员，可是他们对这个家庭毫无了解。据说因为这一家并非独居老人家庭，所以他们没有去巡视过。

最后，由于已经临近当天晚间新闻的播出时间，我们只播出了大约 1 分 30 秒的新闻，内容是"儿子杀害了自己正在照护的母亲"。

---

[1] 日托服务，即日间照护服务（デイサービス），指日本针对阿尔茨海默病患者提供的一种社会服务制度，患者不是入住机构，而是在白天去机构，在那里接受一些针对性训练和照顾，当天往返。

与逝者家属会面

新闻播出后,我们再次前往那栋公租住宅楼。

确认过一楼的信箱之后,我们发现上面挂的名牌与案发当天是一样的。他们家是不是还有人住呢?如果是这样,应该就是那位全心全意照顾母亲的哥哥吧?为了向他详细解释我们的采访目的,记者在信箱里留下了一封这样的信:

请原谅我们的冒昧来信,抱歉给您添麻烦了。我们希望了解多年来您照顾母亲的艰辛经历,以及您认为在哪些方面需要他人协助。如果您觉得不方便和我们当面沟通,也可以通过这样的信件或电子邮件的方式和我们联系。希望您能考虑接受我们的采访,我们将不胜感激。

我们的心情很纠结:作为记者,我们想直接和他交谈,但同时也希望给他留下独处的空间。

4天后的傍晚,我们再次来到案发公租房,按响了门铃。

在几秒钟的静默之后,门开了。

门口站着一位60岁上下的男子。

我们先自报家门,表示我们是NHK的记者。他似乎已经读过了我们留下的那封信,果然,他就是当事人的哥哥。当时已是傍晚,他有很多事情要忙,于是我们请他留出第二天的时间接受采访。

第二天是个休息日。下午,我们再度登门。住宅区里回荡着小朋友们玩耍的声音。

客厅的桌子边摆着三把椅子。曾经,母子三人——他本人、被杀害的母亲和杀害了母亲的弟弟——总在这张桌子上一起吃饭。尽管不得不触及弟弟谋杀了母亲的痛苦回忆,哥哥还是接受了采访。他说,这是因为他不希望这样的悲剧再次发生,他想让人们了解家庭照护存在的局限性。

在此之前,有很多报社和其他媒体联系他,提出采访请求,他全部拒绝了。现在,距离案发已经过了一段时间,他终于整理好心情,愿意和我们一起谈论并回顾这个案子。

首先,他向我们介绍了自己在案发前的生平经历。

这位男性今年刚好60岁,在离家不远的一家制造工厂里工作了一辈子。从他说话的语气中,我们能感受到他是个正直认真的老实人。他的父母都是日本九州出身,因为父亲工作调动搬到了这里,住进了现在这栋公租房。所以他们家的亲戚都没有住在附近。

大约20年前,父亲就去世了。他们家一共有三兄弟,弟弟们都搬出去独立生活,只有哥哥留下来和母亲一起生活。

在九州出生的母亲是个踏实而坚韧的人。随着年龄的增长,她的腰腿越来越弱,很难长距离行走。她患有轻度的阿尔茨海默病,需要照护的程度[1]被相关机构认证为"1级"。尽管如此,他

---

[1] 根据病情严重程度,日本将阿尔茨海默病患者所需的照护程度划分为5个等级,最轻的是1级,最严重的是5级。

们还是过着平静的生活。母亲还和从前一样能够生活自理，哥哥每晚下班回家时，母亲做的晚饭已经摆上了餐桌。

变故是案发前一年半左右发生的。一起买完东西回家的时候，母亲在楼道里摔了一跤，导致脊柱骨折，不得不住院一段时间。就是这么一次摔倒，让母子俩的生活从此发生了翻天覆地的改变。

在住院期间，母亲的阿尔茨海默病快速恶化了。

某天晚上，老太太突然不知道自己是谁了。由于陷入了精神错乱状态，尽管已到深夜，她还是在病床上大闹了一番。另外，因为她原本就患有慢性基础病，夜间尿频，总在半夜按呼叫铃，护士们也不胜其烦。住院前，她的阿尔茨海默病认证照护级别为1级，但在住院期间发展到了4级，需要重度照护。

出院后的照护生活也是难以想象地折磨人。

即使在深夜，母亲也会每小时去两三次厕所，并大声拍打房间的门喊人。每次去厕所哥哥都要起来照顾她，几乎每天都没法睡个整觉。

在夜里经历了这么多事后，每天早上5点，他还是得起床给母亲做早饭，再喂她吃完。早上7点后，他出门上班；8点时，拿着备用钥匙的日托服务机构的工作人员会上门接走母亲。午休时他要回一次家，把剩余的家务做完。下午5点下班后，他又要回家照顾母亲。

在母亲身体状况还好时，他们总在晚饭后一起悠闲地观看她最喜欢的演歌节目。但这种安稳的日子已经消失得无影无踪了。除了工作就是照顾老人,这就是他生活的全部。他感到疲惫不堪,而独立生活的弟弟们都为各自的生活忙碌着,没法搭把手。

哥哥虽然想让母亲入住提供特别照护服务的养老院,但是等待入住的老人太多,得排上四五年。而且,据说私人养老院每月的费用高达20万日元以上,他们根本无力承担。

家庭照护已经持续了几个月,他没有一个晚上能睡好觉。疲劳日积月累,突破了身体极限,终于,他昏倒了。他被救护车送到了医院,医生建议他入院疗养一阵子,好让身体恢复健康。但他不得不拒绝医嘱,因为家里还有患病的母亲等着他照顾。

说着这些事情的时候,他的语气始终很平静,没什么起伏。然而,他突然开始语无伦次,仿佛说起了一些难以启齿的事。

"其实……我曾经……对母亲……差点儿……差点儿动过手。"

有一次,母亲在深夜吵闹不休,一遍又一遍地重复说不知道自己是谁。他无论怎么哄骗和安抚都没法使母亲安静。要怎样才能让她停下来呢?他没忍住,猛敲了一下母亲的头。

据他说,当时母亲突然恢复了神智,还向他道歉。

但接下来的每一晚仍旧是不眠之夜。有一次,他实在疲惫不堪,对母亲怒吼:"去死吧!"

虽然只发生过一次,但这样的状态再持续下去,他担心自己可能会对母亲动真格。

他终于放弃了独自照顾母亲的想法，向弟弟求助。当时他弟弟已经 50 多岁，住在日本的另一个县，处于失业状态，靠社会福利金维持生活。他问弟弟，能不能回家和他一起照顾母亲。

于是弟弟回了老家。他们已经有 25 年没有一起生活过了。

"当时我真的松了口气，或者说是感觉卸下了肩头重担，因为我已经实在没法忍受那种日子了。"

开始同住以后，兄弟俩决定共同承担哥哥之前独自一人承担的照护工作。分工是这样的：弟弟负责白天的照护，哥哥负责夜间的。

起初，弟弟也非常用心地照护母亲。母亲每周有 4 天要去日托服务机构，不去日托服务机构的白天时间，都是弟弟在照顾母亲。弟弟同时还包揽了家务，例如打扫卫生和洗衣服等。

即使穿了尿不湿，母亲的排泄物还是一直会弄脏床单和睡衣。哪怕正值隆冬，弟弟也毫无怨言地在洗脸台手洗这些被弄脏的衣物。

在弟弟回家之前，哥哥每天都神经紧绷。从白天的照护工作里解放出来后，他的心情也轻松了一些。他想着，今后兄弟俩互相帮助，总有办法一直照顾母亲的。

然而，共同生活仅仅两个月后，弟弟就杀害了母亲。

那天早上，哥哥去上班后，弟弟在家里用电热毯的电线勒住母亲的脖子，夺去了她的生命。那条电热毯是哥哥刚刚买来给母亲御寒的。

正在上班的哥哥接到警察的电话,第一反应是:"妈妈在医院惹了什么麻烦吧?"但他万万没想到,是弟弟犯下了大错。

在警察局和弟弟会面时,弟弟边哭边道歉,说"我们老妈实在是太可怜了"。他觉得自己实在无法对弟弟大发雷霆。

"这不是你的错,照顾老人让人变得不正常了,这是没办法的事。"他对弟弟说。

案发以来,哥哥一直心怀歉疚:

"我觉得问题最大的其实不是我弟弟,而是我自己。要是我没给他打电话喊他回来,他就不会犯罪了。而我把弟弟叫回来只是因为自己想摆脱痛苦。"

曾经,三口人每天围坐在一张餐桌旁吃饭,而案发后,就只剩下哥哥孤身一人,他现在每顿饭大概只花 5 分钟的时间。家里冷冷清清,没人跟他说话。

"妈妈走后,我才发现在自己内心深处,哪怕她因为生病而变得有点儿不正常,我也还是希望她好好活着的。这张饭桌我一个人用,实在太孤独了。"

他说,每当吃完饭,他总是一个人想着:

如果,当时没叫弟弟回来的话……

如果,当时继续独自照护母亲的话……

说不定那时候杀害母亲的就是自己了。

当时应该怎么做才是最好的选择呢?他找不到答案。

一家三口过去每日围坐的餐桌。

弑母凶手的一生

杀害母亲的弟弟被判处有期徒刑 8 年，庭审中，法官没有将"照护疲劳"认定为犯罪诱因，法院的判决书称，他的犯罪动机是"任性自私的"。

"被告的杀人动机是想要逃避现状，因此对需要花费大量时间和精力照料的母亲实施了犯罪。"

"实际上，被告照护母亲的时间并不长，不得不说，他的犯罪动机是轻率而自私的。"

"因此，不能将被告人的犯罪事实与因为照护母亲而过度疲劳导致的犯罪混为一谈。"

为了更深入地探究本案的背景，我们决定从案件卷宗入手。同时也采访了当事人的朋友，以了解他的成长经历。

在兄弟三人之中，当事人是学习成绩最好的。初中时，他的成绩在全年级名列前茅。学校里的老师建议他读升学率高的高中，但是因为离家很远，上下学的交通费用很高。最后，为了不给家里增加经济负担，他去读了离家很近的高中，步行上下学。

在高中阶段他依然勤奋学习，也因为这份努力，大学毕业后他通过了公务员考试。但由于父亲的反对，他没能去政府单位上班，最后入职了父亲所在的公司。这份工作他没能干很久，据说，他总是对职场人际关系感到困扰，和家里人也总是摩擦不断。28 岁时他就离开了家，独自生活。

此后，他一直在换工作，尝试做过与消费信贷相关的工作，也曾在便利店兼职，35 岁之后彻底成了无业者。

据说，他还不到 50 岁就开始领政府低保了。

他的一位朋友说他"人很聪明，不过性格太过耿直，是那种眼里揉不进一粒沙子的性格。所以他不太会处理人际关系，总会闹出些问题，这也是他没法在一个公司稳定待下去的原因"。

这位朋友和他关系不错，在案发前，他们差不多每周聚个两三次，都是去可以唱卡拉 OK 的咖啡馆之类的地方。当事人很喜欢唱歌，唱得也好。他们去过的每家店里，他的演唱都会得到高分，因此拿到了不少咖啡兑换券之类的奖品。

年轻时因为和家人相处不好而远离原生家庭，他应该不是很想回归家庭，但最终他还是回应了兄长的求救信号，住回家里，接手照护母亲的工作。

朋友发现，自从开始照护母亲后，他的精神状态变得越来越差，在发邮件聊天时，也会对自己不得不承担的艰苦照护工作发几句牢骚，比如"大冬天的还要用冷水手洗被母亲的排泄物弄脏的衣物，手皲裂得很厉害"之类。

但是，他从来没说过母亲一句不好。

第一章　突然开始的长期照护　｜　013

狱中采访

怀着复杂的心情回到少年时生活的家中,全力以赴照护着母亲的他,又为什么会踏入犯罪的深渊呢?

我们得到了采访他本人的机会,当时他正在日本三重县的监狱里服刑。

采访地点是监狱的会议室,我们被允许进行 40 分钟的采访,那是犯人结束当天劳动后、晚餐前的时间。

服刑人员的时间是以分钟为单位被管理的——起床、劳动、吃饭、睡觉。即便是采访也不能扰乱这铁一般的纪律。

我们提前一小时就开始准备,把会议室的所有窗户都用不透明的纸蒙了起来,以免其他囚犯看到屋子里的情况。监狱的相关负责人在会议室内外都安排了身穿制服的狱警。

会议室的正中间摆上了一把折叠椅。

一切准备就绪,我们开始等待当事人出现。

时间缓慢地流逝着。

直到某一刻,狱警们突然间紧张起来。接着,安静的空间里响起了咔的一声,铁门开了,我们等的人走了进来。

他腰杆挺得笔直,迈着有规律的步子,光凭这些,就能让人一眼看出他是服刑人员。

他身穿白色的 T 恤,下身是工装长裤。缓慢地坐下之后,他最先跟我们表达的就是他对自己犯下的罪行深感悔恨。

"母亲给了我生命,我却亲手夺走了她的生命。真是罪大恶极……我正在深刻反省自己的罪孽。"

采访开始了。我们最先问的问题就是,他为什么会回家照护母亲。

毕竟已经多年没有和家里人生活在一起,是什么让他下定决心回家照护母亲呢?

"哥哥跟我说,'妈妈的阿尔茨海默病越来越严重了,救救我'。当时我本来想拒绝他,但他说的不是'帮个忙',而是'救救我'。我也只能答应他了。"

不过,时隔25年回到父母家中,他久违了的母亲却因阿尔茨海默病而面目全非,这让他受到了强烈的冲击。

母亲的病程当时进展到什么程度了呢?他越说情绪越激动。"我妈不能正常说话,一直哇哇叫……完全不知道她想表达什么。每一天的绝大多数时间是跟她无法沟通的,这是最让人痛苦的事。"

眼前的母亲和自己记忆中的母亲已经不是同一个人了。他这样形容当时母亲的状态:

"那时候,我觉得她是个披着我妈妈外皮的怪物。"

那时我们已经采访过不少照护患阿尔茨海默病家人的人,但从没有采访对象用过这么出格的表达方式。

除了无法正常交流,母亲连自己排便也越来越困难。随着照护的继续,他被逼到了绝境。

就算是这样，他仍然以自己的方式继续努力着，对母亲尽心尽力。在母亲情绪暴躁时，他会一直温和地抚摸着母亲的头，不停和她说话。有时会给母亲涂护手霜，好让她稍微平静一点儿。

但是无论他多努力，母亲还是会失控发狂。有一次，他觉得自己忍不下去了，狠狠地扇了母亲一巴掌。母亲于是安静了下来。从此，和母亲独处时他开始反复对母亲使用暴力。

在案发前几天的一个晚上，他终于下定了杀心。当时，母亲从厕所里出来，睡衣和手上都沾满了粪便，弄得全身都是，甚至让人看了不禁会想"到底是干了什么才沾到那么多的"。

"我想，最难受、最可怜的人，其实是我妈妈自己吧。我觉得只有我才能让妈妈得到解脱，于是两三天后就动了手。我都说完了。"

男人的泪水滴在了他紧握的拳头上。

为什么会走向犯罪呢？我们问他，如今的自己怎么看待当时的情形。"我觉得，最主要的原因是我对阿尔茨海默病缺乏必要的知识和了解，另外，我也不够理性。"他说。

这是他在牢狱生活中不断反思得出的答案。他对我们一再表达着自己的悔恨，关于杀害自己母亲的事情"无论怎样道歉都不足以弥补我的过错，我犯下了弥天大罪"。

回过神来，40 分钟的采访时限就要到了。我们在听他自白的同时，心底却浮现了一个疑问。

为什么他没有逃避照护呢？

比起惹出命案，难道不是可以选择离开这个家吗？

最后，我们问出了口。

"为什么你会觉得自己必须承担照护的责任呢？"

在此之前，男人一直懊悔万分地说个不停，但此时他闭口不言，陷入了沉思。

然后，他只从牙缝里挤出一句话：

"因为是……一家人……"

这一句话，蕴含着他全部的思想情感和痛苦经历。

在接受采访的大部分时间里，当事人一直在不停地流泪。

他把在心头翻涌的感情都化作语言传达给了我们，这份感情只能用汹涌澎湃来形容。

节目播出之后

监狱里不允许囚犯自由看电视，所以当事人现在也没看到我们的节目。

采访团队决定通过写信的方式，尽量将节目内容和播出后的反响告诉他。节目播出一个月后，我们收到了他的回信。他用这封笔迹工整的回信表达了对我们的感谢之情：

> 过了这么久才给各位回信，我深感抱歉。这次能有幸接

受贵台的采访，真的非常感谢。炎热的季节即将来临，请各位多加保重。

节目播出后，我们也再次拜访了当事人的哥哥。

虽然我们的节目隐去了当事人姓名，但邻居和公司同事发现电视上说的是他家的事以后，他意外地收到了很多人的鼓励。

"没想到照护的过程那么艰难。"

"你和你弟弟都没错。只要开始了照护，谁都难免遇到一样的困境。"

"从今往后，希望你们兄弟俩努力生活下去啊。"

无论是哥哥还是我们节目组，都觉得这样的反响很令人欣慰。

"母亲去世，弟弟坐牢。以后你打算怎么生活呢？"我们问。

哥哥毫不迟疑地回答："我会一直等弟弟出狱。"

他说，弟弟在狱中没法看到这期节目，等他出狱后兄弟俩要一起看。

令人意外的是，他也不打算搬家，即使在这间屋子里，命案的痛苦回忆依然如影随形。

"待在这个房间里会想起不好的事，但也会回想起很多美好时光。要是逃走的话，我会觉得老妈和我弟弟都太可怜了。如果我逃走，那就什么都不剩了。"

每天早上，哥哥都在供奉母亲遗像的灵龛前双手合十，独自一人等待着弟弟的归期。

案件 2

**"我从来没想过，
会是我来照顾老伴儿。"**

卧床不起的妻子恳求着"不想活了，杀了我吧"，
最终，这位 70 多岁的男性犯下了杀妻罪行

2016 年的 3 月下旬，采访团队驱车前往日本九州的阿苏。天空阴沉沉的，偶尔飘落几丝小雨。

案发当天的天气也是这样。本案的当事人夫妇一同开车出门，那是他们这辈子最后一次兜风。

本案发生于 2015 年 5 月 3 日，正值黄金周假期。

翌日，NHK 的午间新闻做了如下报道：

> 昨日下午，一名 70 岁的男性在某某町的路上停车后，在车内勒死了 67 岁的妻子。嫌疑人随后被警方逮捕。据悉，警方已对案情展开调查，嫌疑人对犯罪事实供认不讳，并表

示是因为妻子身体不好等原因导致了他的犯罪行为。

在后续的审判中,这位七旬老翁被指控犯下了"受嘱托杀人罪",应妻子的请求对她实施了谋杀,而他同时也是妻子的照护者。法院最终对当事人做出了有罪判决,他被判处缓刑。

采访团队抵达了这起杀妻案的犯罪现场,位于县道旁边公路桥的下方,光线昏暗,完全不引人注意。我们开车来到附近时,甚至一度没能发现它的所在,开过了头。虽然附近车来车往,但根本没有人会特意看向这里。

我们决定从案发现场开始拍摄与本案相关的素材。本节目收录的11个案件中,只有本案的杀人现场不在家里。夫妇俩每年都心怀期待地前往阿苏旅行,对他们来说,这里珍藏着美好的回忆。

在这里,他们最后想了些什么呢?

拍摄开始前,整个采访团队都在脑海中设想着案发当日夫妇俩的心境,同时还有一项重要仪式,那就是为逝者祈祷,愿她得到安息。采访团队面对桥下的混凝土墙壁,双手合十,闭上眼睛。电车在我们头顶上方不远处"咣当咣当"地经过,除了电车的行驶声,这里听不到别的声响。

就是在这里,夫妇俩最后一次谈了心。

老夫妇相濡以沫的42年就在如此凄凉的角落画上了休止符。

就是在这里,夫妇俩最后一次谈了心。

这里一抬头就能看到阿苏山，想必他们坐在车里的时候，也会透过挡风玻璃望着它吧。丈夫一直坚信妻子能够好起来，期待着等她康复后，还能一起去兜风。

遥望着阿苏山，夫妇俩最后说了些什么呢？

夫妇俩的旧居

九州地区的一处住宅区里，独栋住宅林立，被判处缓刑的犯罪嫌疑人就在这里。这个恬静的小镇上有农田和树林，绿意盎然，夫妻俩过去就生活在这个镇上。

我们按下了独栋住宅的门铃，来开门的正是本案的当事人。

这位老人现年71岁，现在处于缓刑期，仍住在家里。玄关和客厅的墙上挂满了布艺贴画。

我们问道："这些是您夫人的作品吗？"

老人颇为高兴地回答说："那幅大的花了整整半年时间才完成呢。"

聊起妻子健康时候两人的生活场景，老人看起来神采奕奕。

其实，采访团队在这次拍摄前已经与他沟通了半年多，最初他对于接受采访颇为抗拒："就算接受采访，我老伴儿也不能死而复生了。"

但是，采访团队仍旧不懈地登门拜访，后来他终于开始跟我们吐露心迹：

"我想让别人知道，我不是因为恨我老伴儿才杀她的。"

案发之后，他从未对亲戚和街坊说过整件事的来龙去脉，今后大概也不可能和他们当面说这件事了。也因为他什么都没说，所以谁也不想再和他走得近，我们每次去他家的时候，他都是孤零零一个人。

妻子已经离开人世，亲属也和他疏远了。他不希望世间的其他人也误解他，于是开始向我们讲述和妻子之间的事，用词谨慎，字斟句酌。

"我自首以后，被审讯了一周左右的时间。那时候我请求了很多次，让他们判我死刑。但是刑警们跟我说，我应该活下去，用余生来赎罪。我从没想过我们夫妻俩的缘分会以这样的方式走到尽头。"

幸福人生

在照护开始之前，夫妻俩的生活平静无忧，洋溢着欢声笑语。

丈夫生于二战结束后不久，在老家读完高中后，进了一家钢铁公司上班。他决心要到大公司里追求自己的职业生涯，所以离开了家乡，跳槽到一家大型的钢铁公司，在那里勤奋工作。他是个踏实稳重的人，钢铁厂全天 24 小时运转，在三班倒的高强度工作中，他一次也没迟到过。此外，他和同事的关系也相当好。

公司每年会组织一次员工旅行，家里的相册中至今还珍藏着当时的照片。

他一心扑在工作上，在公司任职31年。

28岁时，他与相亲认识的妻子步入了婚姻殿堂。妻子是他的同乡，身材苗条、笑容可爱、为人淳朴。当年的他对妻子一见钟情。

婚后，夫妻俩生了两个孩子。休息日，一家人会带着妻子亲手制作的午餐便当出去玩。

"我们夫妻俩都很喜欢开车兜风。总之，我希望我们家里无论何时都充满欢笑。"

为了对长久以来支持自己的妻子表达谢意，在工作满20年的时候，他带妻子到意大利旅行，作为送给她的礼物。这是夫妻俩第一次一起出国旅行，也是他们人生中最美好的回忆，妻子在旅行中的喜悦神情，他至今难以忘怀。

退休后，他们回到了故乡，过着平静的晚年生活。夫妇俩经常开车出门兜风，一同观赏沿途的种种风景，有四季各异的鲜花，也有雄伟的阿苏山。

这位认真可靠的老人从年轻时起就养成了写日记的习惯，保持至今。几十年来，他写下了大量日记，装在纸箱里，妥善保管在自家二楼的壁橱中。

我们提出想看看这些日记，希望借此能更了解他们的生活。他虽然有些不好意思，但还是爽快地同意了。

2012 年 1 月 22 日（结婚纪念日） 天气：多云

今天早上 6 点 10 分起床。

早饭时和妻子聊到，不如去阿苏吃午饭吧。于是我们去了一家开在国道旁边的餐厅，美餐一顿。

今年是我们结婚 39 周年，第 40 年就要开始了。

2012 年 5 月 23 日（妻子的生日） 天气：多云

今天我 5 点 20 分起床，9 点出门散了步。

我们去外面吃饭，庆祝妻子的 65 岁生日。

2014 年 1 月 1 日　天气：晴

6 点 35 分起床。从二楼阳台向东边看，今天是个晴天。

于是，我叫醒了儿孙，大家开两辆车出了门。

7 点半过后，东方的天空被染成了红色，我们在山上看到圆滚滚、红彤彤的太阳升出地平线，这是新年的第一个日出。

这三天，我还和孙子们打了很长时间扑克牌。

今年是我们结婚 41 周年，希望我们这一年如这个谐音[1]一样美好。

老人不太擅长表达，日记中的大部分内容不过是平铺直叙，淡淡地记录着他们的生活轨迹。每到结婚纪念日和妻子的生日，

---

[1] "41 年"的日语发音与"よい年"（美好的一年）相近。

他们一定会出门，去赏赏花、去餐厅打打牙祭。尽管已经结婚超过40年，依然能感受到他对妻子的深厚感情。

他说，他曾为自己设定过一个人生目标，那就是无论到什么年纪都要和妻子一起出门兜风。回首过去平静安稳的生活时，他眯起了眼睛，露出开心的样子，但神情中又流露出些许悲伤。

"总之啊，我感觉自己开车到75岁还是没问题的。所以想在那之前多到各处走走看看。趁着身体还可以，和老伴儿一起去旅行，多带劲儿啊。"

他说，自己原以为这样的幸福生活会一直持续下去。

"我从来没想过，会是我来照顾老伴儿。"

突然复发的"疼痛"

夫妻俩平静的生活在2014年4月发生了翻天覆地的变化。距离他在日记中写下"希望今年是美好的一年"，仅仅过了3个月。

妻子从前在家里的楼梯上摔倒过，当时腰部就骨折了。所幸骨折已经痊愈，经过艰苦的康复训练后，她能够如常生活。可就在那时，她的旧疾突然复发了。

2014年4月15日　天气：晴

今天我5点55分起床。

妻子因为腰疼，从昨天开始拄拐杖，今天早上她是7点

40 分起来的。傍晚,她在楼上躺着起不了床,于是我给医院打了电话。与医生沟通过后,医院派了救护车接妻子住院接受诊疗。

2014 年 4 月 16 日　天气:晴

昨天半夜 2 点半左右,我起床解手,之后躺在床上睡不着觉,只好到一楼的起居室看杂志。看到 3 点半,又回床上睡觉,但还是没睡好。

天亮以后,我去了医院,医生向我们说明了核磁共振的检查结果,说这是腰部最常见的压缩性骨折。

医生还告诉他们,妻子患有骨质疏松症,这种病会让人的骨密度下降,骨骼变脆,她很难再独立行走了。

突然间,他成了妻子的照护者。

他说,当时自己相信只要努力看护,妻子就一定会好起来,能重新自己行走,也能再次一起去旅行。

"我一直都是这么想的,只要我还能干得动,就亲自照护她。毕竟我们都已经结婚 42 年了。"

老人几乎每天都带妻子去做康复训练,虽然洗衣做饭这些家务干得还不顺手,但他也很卖力。从妻子这次骨折开始,他用自己的肩膀撑起了整个家。

2014年6月7日　天气：多云（照护第1天）

5点40分起床。读报纸到7点钟，接着用洗衣机洗了衣服，做了沙拉。

从今天开始，我要承担两人份的责任了。

2014年6月23日　天气：多云（照护第17天）

5点30分起床。7点前看完了报纸，用洗衣机洗了衣服，煮了味噌汤，做了沙拉。

早餐后，我拖了两层楼的地，还清洁了地毯，出了一身汗。

10点之后带妻子去做康复训练。

回家后吃了午饭，我给院子除了草。

一度好转的妻子

在那段时间，老人非常积极地带妻子出门散步。他相信只要足够努力，妻子的身体就能再次回到从前。在邻居心目中，他们是一对模范夫妇。他无微不至的照护终于初见成效，妻子的健康状况暂时有所改善，已经能够自己行走了。

2014年8月7日　天气：晴（照护第二个月）

早上5点30分起床，边喝茶边读了今天的报纸。

6点50分左右妻子坐起来了，在起居室里笑眯眯的。我的心情不由得雀跃起来：太棒了！我们俩今天都挺高兴。

2014年8月8日　天气：多云（照护第二个月）

5点40分起床。

为了换换心情，今天我们出去吃饭了。预约了阿苏的酒店，带上了换洗的衣服。今天就住在酒店了。

2014年8月9日　天气：小雨（照护第二个月）

今天早上，7点多起了床。8点吃早饭。9点半的时候退房回家。

回程是妻子开的车，我坐在副驾驶上。她已经4个月没开车了，念叨着"好久没摸方向盘"，就像找回了自信一般，整个人都开朗起来。

开始照护的头3个月过去了，妻子不仅能自己行走，甚至已经好转到了能去旅行的程度。可惜好景不长，这次旅行之后妻子的病情再次恶化了。

错位的齿轮

2014年9月，令人担心的事终于发生了：妻子腰部再次骨折。

本来已经好转到能自己走路了，现在她却几乎卧床不起，甚至不能自己去上厕所。夫妇俩在此之前都一直努力笑对困难，但这件事让他们的情绪一落千丈，变得非常消极。

2014年11月26日　天气：多云（照护第五个月）
　　我4点半就醒了。
　　今天妻子又没有大便。吃的药也越来越多，她感到很痛苦。就算我鼓励她尽量自己大便，她还是满脸难过地说"没力气"。我心疼极了。

2014年11月29日　天气：多云（照护第五个月）
　　快到8点的时候，我叫醒了妻子，准备吃早饭。起床的时候她大便失禁了。我只好扔掉了那条内裤，手搓了被弄脏的裤子，然后放进了洗衣机。

　　老人说，他在这个时候不仅体会到照护者的艰辛，也对被照护者的痛苦感同身受。
　　"老伴儿偶尔会对我道歉，但是，我觉得她不用在意这些，照护本来就是这样的。"
　　老人希望妻子能健康起来，哪怕只是恢复一点点也好。他想再看到妻子的笑脸，还想和她一起出去开车兜风。但他的愿望落空了。
　　妻子的笑容越来越少，她不想被外人看到自己凄惨的样子，甚至不让老人打开房间的拉门。

2014年11月30日　天气：晴转雨（照护第五个月）

　　早饭后，我做着报纸上的猜谜题，这时发现妻子在床上看着我，所以我也在床上躺下了。她感到很孤独，所以我一直陪她聊到将近中午。
　　我想要劝她振作起来，但她突然哭了起来，说自己已经没法回到以前了，现在这副样子什么也做不了。

　　虽然一直拼命地照护妻子，但是妻子还是日复一日变得更加绝望，他自己也逐渐意志消沉。
　　"照护是什么呢？就是在完全没有任何预备知识，甚至想都没想过的情况下，突然有一天一下子就开始了。有种永远走不到头的感觉，就像在一条没有终点的路上，要一直迈开步子，也不知道还要走多远。"
　　接受照护的第十个月，妻子对他说：
　　"我不想活了，你杀了我吧。"
　　老人说，这句话是他情绪崩溃的导火索。
　　"我不知道怎么回答她才好。她一而再，再而三地说出这些求死的话，我也会感到心力交瘁、陷入这样的消极情绪里，自己的'刹车'也失控了。我多少次和她说，总有办法从头来过、总有办法好起来的，但最后我还是失败了。"
　　接下来的一个月里，妻子不断哭诉自己"想死"，甚至开始自己掐自己的脖子。

"在被逼到悬崖边上之前,为什么不找人商量一下呢?"我们问道。听完我们的问题,老人回答:"就算我想找人商量,也不知道该去哪里找。"

"在那时候,我到底应该怎么办才好呢?"他流下泪来。

采访团队的心头也涌上了无能为力的挫败感。

案发前的情绪波动

直到下手前的最后一刻,老人的心情都是左右摇摆的。案发前3天的日记里详细记录了他当时的想法。

2015年4月30日　天气:多云

　　5点25分我起了床,10点半的时候,妻子对我说:"活着真是太受罪了。"至今为止,她已经说了很多次这样的话,我的忍耐也到了极限。我对她说:"我知道了,那我们收拾收拾吧。"

　　今天晚上,我们俩可能都没法睡着吧。

　　我现在依然记得从前妻子笑着起床的模样,我们的人生就要落幕了。

2015年5月1日　天气：晴

我早上5点30分起了床,开了洗衣机,做了味噌汤和沙拉。妻子说想去医院,于是我们就去了趟医院,从今天开始,我们换了一家医院就诊。

下午,妻子的情绪高涨起来。于是我下定了决心和她共同赴死。我们出门去找适合告别这个世界的地方,但最后没能成功找到。晚上9点我们回了家。

2015年5月2日　天气：晴

昨晚我10点半上了床,今天4点刚过就醒了。吃完早饭,我们看了一阵子电视。

10点半左右的时候,妻子躺了下来,说着"我什么事情都做不了,活着已经没有意义了""我想得到解脱,你掐死我吧"这些话。我怎么说她也不听。她一直哭到了傍晚,求我让她解脱。

我已经撑不下去了。

日记就在这里中断了。

第二天,夫妇俩开车出了门,那是他们人生中最后一次自驾兜风,目的地是两人每年都会去的阿苏。

在高架桥下,他们停了车。透过汽车的挡风玻璃,可以清晰地看见雄伟的阿苏山。

老人最后一次确认了妻子的想法,这是携手走过42年人生的夫妻俩最后的对话。

"真的要我这么做吗？"

"你确定不后悔吗？"

"如果真的这么做了，就没法回头了啊。"

面对丈夫的低声询问，妻子是这么回答的：

"嗯，请你一定要把我杀死啊。"

老人终于亲手结束了妻子的生命。此时距离她开始接受照护，还差一个月就一年了。杀死妻子后，老人试图割破颈动脉和手腕自杀，但没能死成。最后他自己拨通了报警电话。

关于自己当时的心情，老人言辞寥寥。

"总觉得……眼前一片漆黑，什么都看不到……动手之前的心情，我什么都说不出来……不想再想起来了……"

他不愿再说下去，双手紧握，声音发抖。

我们也觉得再问下去就太过残忍了。长达两小时的采访就此结束。

法庭上的泪水

在审判中，检方指控当事人受妻子委托将其杀害，犯下了"受嘱托杀人罪"。检方认为："虽然被害人是主动要求，但是被告人的行为造成他人死亡，其严重性不容忽视。"因此，检方提出 3 年有期徒刑的量刑建议。而辩方则表示："被告人夫妇感情相当好,但由于妻子生病和其他因素,他们身心俱疲,逐渐陷入绝望。被告人杀妻的动机是想让妻子得到解脱,不属于恶性犯罪。"因此主张判处缓刑。

庭审当天,采访团队申请了旁听资格,亲眼见证了当事人在法庭接受审判的过程。

老人依照法官的指示站上被告席,检察官冷静地宣读起诉书。

"被告人受正在接受其照护的妻子委托,在车里勒住妻子脖子,致其身亡。"

老人轻声回答:"我承认。"接着,他逐一回答检察官和辩护律师的质询,声音轻到几乎听不见。最后,辩护律师问:"现在,你还有什么话想对妻子说吗?"

当事人流着眼泪开了口:

"我想对她说,(夫妻共同生活的)42年来,多谢你了。"

案发2个月后,法院宣判:老人的罪名成立,被判处缓刑。

"本案被告人虽然是以殉情为目的实施受嘱托杀人,但不论出于何种动机,剥夺他人生命都是不可原谅的罪行。不过,鉴于被告人与被害人共同生活,除社会福利服务外,被告人独自承担了大部分对被害人的照护工作,因此在量刑方面予以酌情考虑。"

最后,法官对他说:

"被告人心里应该最清楚,自己是由于一时冲动导致被害人死亡的。请好好考虑一下,你今后应该怎样生活。"

老人一边抹去泪水,一边点点头。然后他低着头离开了法院。

由于被判处缓刑，老人并没有实际入狱。然而，在采访时我们发现，被判处缓刑对他来说反而显得很残忍。

审判结束后，儿子给他打了电话："我绝不原谅你。"老人试图向儿子解释自己不是因为憎恨才杀害老伴儿的，但儿子完全无法接受。

现在，老人整天独自待在家中，不和任何人接触。

"我现在才是最痛苦的，因为再也见不到她了。"

遗像中，妻子在一片波斯菊的花田前露出幸福的微笑。

老人喃喃地念着妻子的名字并双手合十，像过去的每一天一样。

预想之外的"照护杀人案"全貌

有些当事人开始照护家人仅仅一个月就动手杀人，这样的惨剧令人错愕，又确确实实地发生了。

本节目采访团队的调查结果显示，2010—2015年这6年间，全日本至少发生了138起照护杀人案，其中包括杀人未遂和伤害致死等情形。这是我们阅读卷帙浩繁的庭审资料、直接与当事人对话并进行许多周边采访后，首次查明的数据。

我们分析了当事人开始照护直至案发的时长数据，得出了一些相当令人意外的结果。在我们调查的77起案件中，有15起案件的照护时长达到 10 年以上。此外，照护时长为 5—10 年的有 16 起，1—5 年的有 26 起。而最令人惊讶的是，照护时长不足 1 年的亲属杀人案竟有 20 起之多。

此外，我们也调查了当事人使用日间照护等照护服务的情况。在我们调查的 67 起案件中，有 50 起案件的当事家庭使用过照护服务，所占比例接近 3/4。曾有一名杀害身患阿尔茨海默病妻子的男性，只照护了 3 个月就犯下了杀人罪，而照护人员几乎每天都会上门提供服务。

在审判中，如果照护时长较短，又使用了照护服务，往往会被认定为不属于"照护疲劳"的情形，那样的话当事人会面临更严重的量刑。

但他们真的没有疲于照护吗？正因为时间短，才会适应不了照护工作，感到很辛苦。正因为使用了照护服务，周围的人才会误以为他们"没问题"。

可以说，随着采访的推进，我们也在不断颠覆着迄今为止人们对照护杀人的看法。

其实，我们的采访团队中没人曾经照护过直系亲属。为了避免采访时的提问偏离主题或冒犯到照护者，我们委托非营利组织"阿拉丁"协助我们进行基础信息搜集工作。这是一家位于东京新宿的照护者协作支持机构，致力于在东京都市圈各地的家庭照护者协会之间建立联系，促进各协会之间信息共享，为照护者提供支持。

我们通过"阿拉丁"对 29 个照护者协会的 615 人进行了问

卷调查（以下简称"节目问卷调查"）。问卷调查的答复来得惊人地快，很多人都把自由填写部分写得满满当当。有些人的照护经历在我们提供的问卷上甚至不够写，他们特意另附了信纸，纸上密密麻麻写满了字。

最后，我们回收了388份问卷，对它们进行了详细的分析。我们发现，有很多受访者表示"照护的初期是最艰难、最痛苦的"：

"照护刚开始的时候，完全不知道母亲未来会变成什么样，我找不到人商量，因此非常焦虑。"

（39岁的女性，正在照护患有阿尔茨海默病的母亲）

"刚开始照护时，老伴儿的状态和健康时相比，差距太大了，让我非常震惊，身心都陷入了绝望之中。"

（69岁的女性，正在照护患有阿尔茨海默病的老伴儿）

在项目刚启动时，采访团队曾认为照护时间越长，就越容易犯下罪行，但调查结果和我们的预想恰恰相反。

阅读卷宗时我们发现，在照护时长较短的案件中，由于被告所承受的"照护疲劳"不被认可，反而会被判比较重的刑。但实际上，刚开始照护不久的人，由于毫无经验，更无法接受从天而降的严酷现实。通过采访，这些家属们的形象都浮出了水面。

在所有案件中，男性杀妻案的数量最多，共计51起，占总数的37%以上。

男性在照护时容易陷入职场思维，希望付出能够得到相应的回报。在他们之中存在一种普遍倾向：努力努力再努力，直到被逼到绝境，走投无路。

如前文所述，九州地区那位杀害妻子的男性就曾在妻子的康复训练上投注大量心力——今天妻子走了50步，那么下次就让她努力走到100步吧。但妻子多次骨折，他的情绪因此发生剧烈起伏，精神越来越疲惫。

此外，男性照护者还有一个特征：不向人示弱。

实际上，上门照护人员每周会去他们家两三次，案发的前一天，照护人员也上门服务了。那天，照护人员虽然感觉到男人的"精神状态似乎不怎么好"，却以为那只是由于无法排解的压力导致的，并没有产生足够的警惕。

如果那时候，他发出求救信号的话，情况会不会有所改变呢？

可是，他该如何求助呢？就算求助了，照护人员也不可能每天都上门。即使向人吐了苦水，最后还是只能由自己来照护妻子。

他无法向任何人求助。

在采访过程中，有位曾负责过照护杀人案的警官说过的话，令人印象非常深刻。

"逃避照护家人的责任并不会被判刑，反而是那些没法狠下心撒手不管却又无力继续照护下去的人被追究了刑事责任。从道德角度来说，我觉得前者才更有问题。"

第二章

即使妻子判若两人,
我也不想和她分离……

案件 3

"我们既然结为夫妇，
就不想被分开。"

70多岁的男性犯人，被患阿尔茨海默病的妻子
多次辱骂后，用菜刀将其杀害

2014年12月下旬，由于已近年底，NHK富山电视台的新闻楼里记者寥寥。此时，警方突然发来了一则通报：

一名75岁的男性在自己家中用菜刀刺杀妻子，被害人已经身亡。

我们迅速赶往现场，进行实地走访。案发现场是一个沿河而建的独栋住宅区，与周围邻居交谈后，我们的脑海中浮现出"暴力丈夫"的形象。

"经常能听到他们家传来男人的怒吼声。"

"他们家那位先生爱喝酒,好像还对太太动过手。"

这位丈夫说不定一直都在打老婆,也可能是个酒蒙子。这样看来,命案的导火索有可能就是夫妻吵架导致的情绪失控。那天我们通过采访了解到的情况十分有限,当天的NHK新闻做了如下报道:

> 今日傍晚,富山市一处住宅内发生一起凶杀案,一名80岁的女性被菜刀刺伤身亡。被害人75岁的丈夫报警自首,警方以杀人嫌疑将其逮捕。目前,警方正在对此案进行深入调查。(中略)据附近居民透露,经常听到犯罪嫌疑人在家中高声喊叫。

新闻稿上完全没有"照护"两个字,当时我们也尚未意识到,"照护"事实上对本案产生了重大影响。

案发10个月后,这位杀妻老人被判处7年有期徒刑。判决书中也没有半个字提及"照护":

> 被告人曾与被害人共同生活,酒后二人经常发生争吵。被害人罹患阿尔茨海默病,对被告人的指责与日俱增。被告人的不满情绪日益高涨,并因此采取暴力行为,曾多次引发警方干预。(中略)本案被告人由于自身情绪失控,加之受到被害人言语的刺激,导致激情杀人。虽为冲动犯罪,也必须受到道德谴责与法律制裁。

最终，本案被定性为"丈夫酒后因争执而杀妻"。

离开快乐的家

案发大约一年后，我们再次走访了这对夫妇的家，也就是案发现场。

在此前的报道中，我们传达的真的是案件背后的真相吗？在丈夫刺杀妻子，锒铛入狱之前，这个家里到底发生了什么？我们尚有未探明的疑点，想要重新对该案进行报道。

这栋房子的两位主人，一位身陷囹圄，另一位横死于刀下，失去主人的独栋住宅如今已经空置，四周杂草丛生。

透过窗户向里看去，屋子里空空如也，只有摆在大门外面孤零零的旧架子还保留着一点儿有人居住过的痕迹。河边飞来飞去的鸟儿发出异常响亮的鸣叫，重访旧地，让人感到分外凄凉。

我们从这对夫妇的个性和他们的关系入手调查。

其实这对老夫妇只在这栋房子里住了 8 个月，他们是从本市另一个地区搬来的。

我们联系到了夫妇俩曾经居住过的地方的两位熟人，分别名叫西部庄一郎和天野智惠子，他们和夫妇俩是同一个老年俱乐部的成员。

这两人口中夫妇俩的样子与当时采访团队的形容天差地别。

他们首先向我们展示了夫妇俩的旅行纪念照，两人紧紧挨在一起，对着镜头笑得很灿烂。

"他们俩感情真的很好呢。"

"总是提起一起去旅行的打算，两人都很期待的样子。"

他们说，这对夫妇是人们常说的那种恩爱夫妻。虽然两人靠退休金生活，手头并不宽裕，但据说妻子总是精打细算地过日子，好好地留出一笔钱作为两人的旅行费用。

他们有时候会去西部先生家聚餐，带着酒和菜，一起度过愉快的时光。

"以前我们每个月一定会聚上一次。"

"他们家太太很会做菜，我们如果夸了什么菜好吃，她下次就一定会再做了带过来。"

据说，这位老人很以老伴儿的厨艺为傲。

"他总是夸太太，说'我们家那位做饭很厉害'。"

回忆往事时，两位老人神色始终很平和。

不仅是两人的熟人说他们夫妇之间感情甚笃，连当时他们常去的咖啡店店员也对他们很有印象。据说夫妇俩总是在午后一起来店里，点蛋糕和柠檬茶的套餐，一起分吃同一块蛋糕。店员对这件事记得很清楚：

"老先生很周到地照顾着太太。"

窥见这对夫妻日常生活的侧面之后，我们的心底浮现出一丝疑虑。在之前的报道中，这家的丈夫性格暴虐，妻子又整日与他争吵，羞辱、刺激他，才酿成了这桩无可挽回的惨案，难道这并不是事情的真相吗？

通过进一步采访，我们发现本案的发端是一次搬家。

夫妇俩曾在另外一个地方住了很多年，直到租住的房子因为年久失修要被拆除，他们才不得不从这个住惯了的地方搬走。房地产租售公司负责和他们沟通的人至今还记得他们有多么希望继续住在原来那个地方。

夫妇俩跟他说过好多次："我们在这里住得很愉快。"

负责人忍不住给他们的房东打电话，反复确认是否真的一定要拆掉那栋房子，但没能改变房东拆除房子的决定。

夫妇俩先后去了这家房地产公司五六次，还是想在同一个地区找房子。但最后，房地产公司能帮他们找到最近的房源距离原来的家也超过了 2000 米。那是一栋老房子，离原来的家步行大概需要半小时。对于上了年纪的夫妇俩来说，这个距离未免太远了。但他们只能用退休金付房租，能负担得起的房源有限，只好勉强租下了那里。

正因如此，夫妇俩和朋友们见面的机会变少了。搬家后不久，那位妻子就对西部先生说："我不喜欢现在住的地方，感觉很孤独。"

这对夫妇远离了朋友，与社会更加疏离。也是从这时开始，妻子开始变得反常。

想和她携手走完人生，直到化为尘土

老人最早是从他总会向熟人炫耀的"爱妻料理"中发现了异常情况。

他的妻子过去从事烹饪工作，妻子亲手制作的散寿司是他的最爱。但据说，搬到新的地方没多久，她做菜的味道就开始不对劲儿了。

而变得更不对劲的是她本人。

她会一次又一次地对丈夫说同样的话，语气强硬地逼问他是不是找朋友借过钱，但丈夫根本没借过。无论跟她否认多少次，她都好像没有听懂，完全没法顺畅沟通。

老人因此变得越来越沮丧，但没有意识到他的妻子患上了阿尔茨海默病。他不知道老伴儿为什么总会因为莫须有的事情指责他，他非常苦恼。

搬家 4 个月后的某一天，妻子打电话报了警。原来，无法忍受她反反复复提问的丈夫，对她动了粗。

警方联系了富山市政府的相关部门，此后，该部门的工作人员开始频繁地去这对夫妇家上门访问。直到这时，老人终于意识到老伴儿可能是得了阿尔茨海默病。市政府将她送到福利机构暂时入住，并安排她去医院接受检查，随后她被确诊为中度阿尔茨海默病。

依据诊断，相关部门给予她"照护 2 级"的认定。照护 2 级是指"一部分日常生活需要照护"的状态，也就是说，这个等级所需要的照护不太多。虽然老伴儿的认知功能出现了问题，但运动功能正常，可以独立行走，因此被认定为程度比较轻的2级。

市政府最初曾提出，让老夫妇入住养老照护机构，希望用这种方式照顾他们此后的生活。

老人自己也年事已高，照护老伴儿对他来说在体力上是极大的考验。而且，如果再让他们住在一起，恐怕迟早又会发生暴力行为。虽然他心里清楚老伴儿生病了，但毕竟每个人的耐心都是有限度的。要和病人24小时形影不离，不断被责骂和质问，无论是谁都会难以承受。

但这个方案在实际执行中遇到了困难——找不到合适的机构。夫妇俩每月的养老金总收入大概有20万日元，但民营机构收费较高，每月20万日元并不足以让夫妇俩都能入住。而费用相对低廉的公立机构，主要服务对象是"照护3级"以上的老人，而且还有600多人在排队等待入住名额。因此，他们不得不选择放弃。

更棘手的情况是，夫妇俩提出不希望被分开。据说，两人曾短暂分开入住照护机构，但在重逢时，他们俩都哭着说想要一起生活。庭审材料中记载，丈夫曾说："我想和她携手走完人生，直到化为尘土。我不想去照护机构。"

市政府相关部门因此判断不能再拆散他们了。最终，相关工作人员选择安排夫妇俩使用日托服务和暂托服务，以此照顾他们的生活。

身边的人有没有关怀他们？

我们采访了富山市老年人福利科的前科长石井达也先生，当时正是他负责安排当事家庭的关怀服务。

"能做的事我们都做了，到底再做些什么才好呢？"石井科长叹息着对我们说出了掏心窝子的话。

案发当时，市政府曾被媒体和专家严厉批判，认为如果政府采取强制措施将这对老夫妇分开，就不会发生杀人案了。

诚然，如果这么做，或许的确可以避免案件发生，但我们越是深入了解本案背后的故事就越明白，这根本是不可能实现的。

"由于和丈夫分开，妻子的情况越来越糟糕。我们不能再这么做了。强行拆散这个家庭是对他们人权的侵犯。"市政府做出了这一艰难的决定。

此后，相关部门与警方、地区综合支持中心[1]通力合作，对当事家庭进行过很多次上门访问和电话沟通。实际上，相关部门与他们的联系很频繁，4个月内多达130次。市政府和相关业界人士结合日托服务和暂托服务，减少妻子待在家里的时间，通过这些方式来尽量为二人寻找更合适的相处方式。

媒体报道经常提及"身边人的关怀"在此类案件中的重要

---

1 地区综合支持中心由市政当局建立，为该地区老年人提供综合咨询、维权、构建社区支援体系、改善健康医疗和促进老年人福利等服务，是实现综合社区照护的核心机构。

性。对于本案的当事者夫妇二人而言，市政府自不必说，医生和照护机构也为他们提供了支持，虽然住得远了，但朋友也和他们保持着联系，周遭的人确实在关怀他们。尽管如此，惨剧还是发生了。

当时就没有什么真正有效的预防方法吗？采访团队反复翻阅一沓沓卷宗，每次都会重新看到只字未提"照护"一词的判决书：

> 虽然被告人是冲动杀人，并非蓄意犯罪，但被告人对被害人怀有强烈杀意，犯罪情节极其恶劣。

所以，难道老人并不是饱受照护之苦才犯下罪行，而是突然行凶？

莫非，在咖啡店里和老伴儿分享蛋糕的他、朋友们所看到的平和温柔的他，只是他人性中的一面，他其实也有凶残粗暴的另一面，所以才会成为杀妻犯人？

这个案子，会不会并非照护杀人案，而只是"杀人案"而已呢？

我们开始产生了这样的想法。但正在此时，我们找到了此前苦苦寻觅的采访对象——寺林刚志，当时当事人妻子使用的日托服务是由他运营的机构提供的。

疲于照护的丈夫

我们见到寺林先生时，采访已经进行了 3 个月。案发后不久，寺林先生所运营的养老照护机构就关闭了，所以我们一直没机会见到他。我们走访了机构旧址的所在地，向当地居民和照护相关人员收集信息，好不容易才联系上了寺林先生，但面对我们的采访请求，他面露难色。

他担心，要是接受采访，会不会遭到社会的批判，说他没能为当事人夫妇提供支持。

实际上，我们在采访中遇到的所有与本案相关的人士，包括曾经不断上门走访，了解他们家情况的市政府相关业务负责人、地区综合支持中心的工作人员、诊断妻子患有阿尔茨海默病的医生，还有与他们关系亲密的朋友们，都有着差不多的想法。案发一年多后，他们仍然各自饱受着内心的煎熬，不断地问自己，自己原本还可以再为当事人做些什么。

特别是，在妻子确诊阿尔茨海默病后，寺林先生在夫妇俩最艰难的时期扮演了至关重要的角色。寺林先生最终答应接受我们的采访，他表示，就算只能为当事人提供一点点帮助，他也希望自己能出份力。在采访中，寺林先生斩钉截铁地对我们说：

"不管别人怎么说，老先生对太太的照护可真的是尽心竭力。"

寺林先生说，如果当时法院要求他做证人，他愿意将老人在照护妻子方面所做的一切努力都告诉大家。

他说，自从妻子确诊阿尔茨海默病以后，老人除了照护工作还包揽了全部家务活，打扫卫生、洗衣服、买菜做饭……即便如此，病榻上的妻子也从未表达过感谢，他得到的只有劈头盖脸的言语攻击。尽管如此，老人依然忍耐并坚持着。

妻子可以自己行走和进食，所以她需要的照护并非推轮椅、喂饭这种"一望而知的直接照护"。然而，当事人也已经是75岁的高龄老人了，他自己也在慢慢衰老，例如，也会记忆力减退、容易忘事。在寺林先生看来，照护妻子对他来说是相当沉重的负担。

他会给妻子煮粥，方便她进食。寺林先生上门访问时，也常发现他在笨拙地用吸尘器打扫家里。寺林先生夸他做得很好，而老人回答的是："不做不行啊，硬着头皮也得干。"他脸上写满了努力，寺林先生对此记忆犹新。

夫妇之间有时会爆发争吵，即便如此，老人还是会为了重温当年两人携手旅行的快乐回忆，有时会去步行往返需要近一小时的车站买车站便当，带回来和妻子一起吃。我们实地探访了那家车站便当店，店里人头攒动，挤满了一对对夫妻，还有很多年轻人。店里的顾客都在愉快地聊着关于旅行目的地的话题。

而老人回到家的时候，等待他的只有照护工作和妻子的谩骂。

他独自一人在这家店排队买便当的时候，是怎样的心情呢？

面对身患阿尔茨海默病而迅速变化的妻子，老人虽然并不知道该拿她怎么办，却又无比确定，照护她的人只能是自己。

"如果他们彼此没有感情，就不会想住在一起了。当然也总会吵吵架，但他们感情真的很好，一起经历了很多事，有时候连我都莫名其妙地为他们高兴。"

寺林先生语气坚定，我们深信不疑。看来本案背后确实隐藏着照护相关的问题。最多的时候，寺林先生一天甚至要去他们家5次，听老人发牢骚。正因如此，他说的话才如此有分量。寺林先生接着说道：

"日本虽然推行居家照护，但是有些病人连照护机构上门护理的专业人员都不一定能应付得来，却让没有专业知识和能力的亲属全天候照护他们，这对负责照护的亲属是极大的精神负担。人们可能会误以为，因为照顾的是自己的亲人，所以自己能够胜任，但事实并非如此。阿尔茨海默病会让病人面目全非，即使是家人也很难接受。"

"再这样下去，我会变成杀人犯"

正因为深爱妻子才会想和她一直住在一起，妻子却因为阿尔茨海默病，完全变成了另一个人。老人进退维谷，最终无路可逃。随着采访渐渐深入，我们仿佛目睹了危机激化的那一瞬间。

案发前一周，老人曾经对外发出过求救信号。

那是2014年12月的一个晚上，老人吃晚饭时喝了点儿酒。接着，因为看电视换台的事和妻子发生了口角。他忍无可忍，给寺林先生打了电话。

"我老婆的胡思乱想快把我搞疯了。再这样下去,我可能要杀人了。"

他想立刻把妻子送到寺林先生的机构去。但不走运的是,当天机构里已经住满了人,没有空位。寺林先生只能在电话里安抚老人,同时,为了让他的情绪稍微平复一些,寺林先生在警察的协助下安排他到外面的旅馆住了一夜。

回想起来,这个时候,老人的精神状态可能已经到了极限。但寺林先生那边总会不断接到疲于照护的家属打来的电话,诉说自己撑不住了。客观上,他也没有能力对所有人的需求照单全收。虽然无法让夫妇俩立刻入住照护机构,但机构和警方也尽了最大努力支持和照顾他们。

在那一次之后,夫妇俩陆续对外求助过数次。

案发前三天,妻子到医院就诊,医生给她开了稳定情绪的药。同一天,当事人把装在信封里的 8 万日元交给她,这笔钱却不知在什么时候不见了,估计是被妻子弄丢的。但妻子因为丢了钱而痛骂了他一顿。

案发前一天,妻子在跟西部先生的电话里很开朗地说:"下次再来我们家玩哦。"可当事人却说"跟她没办法沟通",情绪相当消沉。

案发当日的引爆点其实是一件琐事。

妻子那天一直在吃橘子,吃了很多。当事人说了她几句,两人就开始吵架。在争吵中,他信手抄起了菜刀,想要吓吓老伴儿，让她不要那么狂躁。

"没用的窝囊废！"

在妻子的辱骂中，他告诉自己要保持冷静。然而，妻子越骂越难听：

"有种你就试试看！"

在妻子反反复复的咒骂中，他的理智烟消云散，终于将菜刀刺进了妻子胸口。

原本在案发那天之后再过两天，妻子就要被送去暂托了。

"我认为，随着居家照护被大力提倡和推广，未来会发生越来越多的照护杀人案。"

寺林先生这番话让我们的心情难以平静。

如今我们生活的社会，家庭结构日趋核心化[1]，而社区邻里之间的联系也日趋淡漠。过去人们会觉得，家人之间互相照护是理所应当的，但时代已经变了，日本全国现在有多少家庭是一触即溃的"沙之城"呢？

我犯了可悲的错

独自在家照护患有阿尔茨海默病的妻子，当事人多次感觉到

---

[1] 核心家庭，指由一对夫妻与未婚子女组成的家庭。家庭结构核心化的意思是此类家庭所占比重越来越大。

自己无法承受，向警方和机构求援。此外，当事家庭还在政府的支持下，参与了长期照护保险。鉴于此，我们越来越渴望直接与他沟通，想知道到底什么样的支持才能真正帮助到他。

于是，我们先给正在狱中服刑的当事人写了封信：

> 尽管政府部门已经提供了一定的援助，但那时候您二位的生活想必还是非常不容易。政府部门当时提供哪些支持、推出什么样的制度，才更有可能减轻二位的负担呢？我们非常希望能听取您的想法。

信寄出后，我们一直在等待。一个星期过去了，两个星期过去了，始终没有任何回音。我们意识到，对狱中的犯人提出采访请求是没法轻易被接受的，我们对此相当失望。然而，在还没和当事者本人当面沟通之前，我们不愿就此放弃。明知多半会被拒绝，我们还是决定直接到监狱去申请会见。

2016年1月，在案发一年多后，我们去了丈夫正在服刑的那所监狱。最近的车站通往监狱的路上，铺满了厚厚的积雪。

在登记了会见申请后，我们坐在塑料椅子上安静地等待着，抬眼望去，周围尽是灰色的墙壁。

能不能得到会见的机会，取决于犯人本人想不想见我们，我们很有可能会碰钉子。也许是因为紧张，这短短几分钟的等待让人觉得尤其漫长。

过了一会儿，我们被告知可以进入会见室了，当事人告诉狱警，他愿意和我们见面。

我们走进了会见室，只见当事人坐在里面，他身上的工作服整整齐齐，头上戴着帽子，看上去是个和蔼而沉静的老人。

"我读了贵台的来信，也一直在犹豫是不是应该回信。"

许可会见的总时长是30分钟，我们应该怎么开始询问案件情况呢？

"距离案发已经一年多了，您现在对案件是怎么想的呢？"

记者以略带犹疑的语气，先抛出了一个比较笼统的问题。

"我对我老伴儿做的事，非常残忍、非常可悲。"

老人的回答也很简短。此时我们还是很难问出和案件相关的问题，于是打算先把案件放在一边，继续了解他当时照护病人的情况。此前我们了解到，随着妻子病程的发展，他们的生活已经陷入崩溃。我们希望直接听他说说当时的心理状态。

妻子出现痴呆症状4个月后，被诊断出患有阿尔茨海默病。

"这一天终于来了。我知道，总会有这么一天。"

老人的声音很轻，仿佛被抽走了所有力气，透露出他当时意志消沉。

我们又问他，照护过程中什么事最让他痛苦。本以为他会回答"妻子的辱骂"，但老人毫不犹豫地回答：

"她把大便拉在起居室里，我边哭边打扫的时候最痛苦。"

他说，妻子在起居室的地毯上大便失禁过两次，但是妻子非但没有道歉，反而责怪他"在我的内裤上动了手脚"。他一边收拾残局，一边独自哭泣。

妻子每周可以使用两天的日托服务，但只要回到家里一两个小时，她就会马上开始骂人。

"她回到家，开始发作的时候，我很难应付得来。只能忍耐着过日子。"

从结果上看，照护服务并没有减轻老人多少负担。

这次会见中，当事人没有说自己的妻子半句不好，这给我们留下了非常深刻的印象。我们问他妻子是怎么骂他的，但他什么都没说，看上去他下定了决心，绝不和外人说妻子得病后的状态是什么样。

只剩 5 分钟，这次会面就要结束了。

因为我们不忍心详细追问案发时的情况，于是一直下意识地回避着关键问题，就这么和他聊了 25 分钟。快没时间了，我们总得问出来。

"为什么案发那天，您会用菜刀——做那样的事情呢？"

怀着种种顾虑，记者终究还是问道。

"因为老伴儿骂了我，我一下子上头了。她说的话比平时还伤人。"

他果然没有具体描述妻子说了些什么。老人接着说："我用刀刺她的时候已经自暴自弃了，只记得自己打了报警电话，其他的什么都不记得了。"

话音落下。老人终于控制不住自己的情绪，默默流下了眼泪。他从工作服胸前的口袋里掏出一块纱布，擦了擦眼泪。

我们的提问是不是伤害到他了？面对哭泣的老人，采访团队不知道该说些什么。反而是老人先开了口：

"能说出来真是太好了。"

我们松了一口气。

老人平静而温和的声音让我们相信，也许他透过透明隔板察觉了我们心底的内疚。

最后，我们问他："现在您还会想起妻子吗？"

他点点头，又重复了一次："我犯了可悲的错。"

第一次会见到此为止，老人站起身来，摘下帽子深深鞠了一躬，然后转身离开了会见室。

我们想在此重申，刑事判决书中没有任何地方提及"照护"，审理过程中强调老人饮酒后有暴力倾向，因此该案被认定为"冲动犯罪"。行政机关的介入以及妻子曾报警说"丈夫对自己施加暴力"，都可能对法官的自由心证[1]造成很大的影响。

但是，亲眼见到当事人并和他实际沟通后，我们切实体会到：他的确单凭自己的力量照护着老伴儿，这是一起当事人在照护中经历无数烦恼、内心矛盾重重，最终由于照护疲劳而引发的杀人案。

判决书并不能代表案件全貌。这是我们在本案的采访过程中最深切的感受。

---

[1] 自由心证，法律术语。在刑事诉讼中，法官可以综合考虑各种事实、法规、证据调查结果等资料，根据自己的判断和酌情权来确定证据的可信度和权重，从而形成最终的裁决。

即使提供照护服务，案件仍会发生

上述案件的当事家庭不仅得到了政府支持，还使用了照护服务，但最终还是发生了杀人案。2010—2015 年这 6 年间发生了 138 起照护杀人案。我们通过采访查明了其中 67 起案件的实际情况，发现有 50 起案件的当事家庭使用过日托服务等照护服务。

长期照护保险制度相当于一张"安全网[1]"，但身处其中的人仍在持续犯案的现实告诉我们，当下的制度无法阻止悲剧发生。

那么，究竟提供什么样的支持才能有效避免惨案发生呢？

为了找到这个问题的答案，我们多次会见了当事人。老人态度诚恳地回答了我们的所有提问，他说"求助的时候，市政府的负责人和警方真的都很愿意帮忙"，对于更具体的支持措施却说不出个子丑寅卯。

恐怕连他本人都不知道这个问题的答案是什么。我们曾认为只要和案件的当事人进行沟通，就会得到答案，这个想法还是太过天真了。

于是，我们换了个问题，问他，如果当时政府部门强制让他和妻子分开生活会不会比较好。

老人想了一会儿，开口道：

---

[1] 安全网，指的是由政府或其他机构提供的安全保障措施，旨在为需要帮助的个人或家庭提供基本保障，例如医疗保健、失业保险、住房保障、教育援助等，它是社会保障体系的组成部分，保护人们免受重大风险影响。

"我们既然结为夫妇,就不想被分开。"

他一次次地说自己做了可悲的事,对我们表达着悔恨之情,但即便如此,他也不认为当初和妻子分开生活会更好。

案发后,有人批评过行政部门"为什么不强制分开他们",这在外界看来是最佳解决方案,我们也曾这么想过。但对当事人来说,这个方案并不可行。

的确,强制性地分开这对老夫妇,也许能避免杀人悲剧的发生,但对于这对结发夫妻来说,这并不是他们想要的答案。

尽管我们与当事人会见了好几次,依然没有找到能通向更好结局的道路。

婚姻究竟意味着什么?

回看夫妇俩的合照,这个问题至今还压在我们心头,挥之不去。

案件 4

> "如果我死了，把我老伴儿一个人扔在这世上，
> 她是一天也活不下去的。"

退休后过着安稳晚年生活的 80 多岁老年男性，
在照护妻子后选择自杀

本案的案发地点位于埼玉县秩父地区东边深山里的小川町。

2016年2月，警方接到一通报警电话，报警人是一位83岁的老人，说自己"刺伤了妻子"。

警察赶到现场，发现77岁的被害人倒在厨房的地上，已经气绝身亡。老人也割伤了自己的脖子和手腕，被送进了当地医院，伤愈后被警察逮捕。

刚被逮捕时，老人曾说："我老伴儿得了阿尔茨海默病，我照顾得太累了，想带上她一起走。"但是在随后的审讯过程中，他不再回答任何问题。大多数时间里，他躺在看守所单人牢房的正中间，毫无出去的意愿，也不和巡视的警察说一句话。除了喝

点儿水,他粒米未进。

因为他年纪大了,只能吃些软的东西,于是警察给他送来了粥和切得很细的菜,不断劝他吃饭,但始终没能打消老人绝食的念头。

在拘留期间,他被定期送往医院打点滴、接受医生诊察。被逮捕9天后,警方判断无法继续拘留他,于是把他送到町内医院住院治疗。然而,仅过了6天,老人就离开了人世。

到底当事人是怎么被逼到要自杀的?

难道就没有别的路可走吗?

他没有为这两个问题留下任何答案,就以绝食的方式追随老伴儿而去。

我们就夫妇俩的生活状态对警方和邻居们进行了采访,了解到他们曾在这里过着理想中的"第二人生"。

理想的晚年生活

丈夫从前就职于东京的一家电视台,50多岁时自愿提前退休[1]了。被繁重工作压得喘不过气来的他,最终选择了埼玉县比企郡的小川町作为和妻子颐养天年的地方。

"内人爱好绘画,她想画秩父的风景。"他是这么和附近居

---

[1] 自愿提前退休,是日本的一种劳动制度,用人单位动员员工在退休年龄前就提前退休,降低公司的劳动力成本,增加年轻员工的机会。

民说的。邻居们还说,当事人曾告诉他们,他自己也非常喜欢大自然。

1989年,夫妇俩在这里新建了一栋二层小楼,在这个生活悠闲的地方开始了他们的"第二人生"。

妻子曾经在县内一所学校当老师,她性格认真专注,总在二楼的书房里静静地读书。同时出于爱好,她也会在和纸与衣服上画一些自然景物画,大部分以花卉为主题。她举办了个人画展,也会参加本地艺术家的联展。在她的作品里,既有在和纸上用淡雅笔触描绘的绣球花,也有在服装正面大面积描绘的时令花卉。

她的习惯是每天外出散步,观察自然中的鲜花——那是她创作的主题。同时,她还会拔掉路旁的杂草,让花开得更漂亮。虽然平常不太跟社区里的人来往,不过要是在散步或购物途中碰到了熟人,她会礼貌地与他们分享时令花卉知识。附近的理发店还请她在店内玻璃窗上画下了小朋友们玩球的热闹场景。

与妻子相反,丈夫经常外出活动。刚搬到这里时,他和其他从东京移居过来的男人们结为钓友,时常相约钓鱼。不过,一段时间后他觉得"鱼太可怜了",就放弃了这项业余爱好。

后来他在自家附近租了一小块地,开始种绿叶蔬菜。

收获的蔬菜不仅自家吃,他还会分给左邻右舍。清晨散完步回家时,如果邻居家门口有人谈天说地,他也会加入闲聊一阵儿。

同时,他还积极参与社区活动,甚至会主动清理自己负责区域之外的杂草。到附近山区旅行时,他会带回鲜花,插在花瓶里送给朋友,或是拍下花卉照片给妻子当作创作参考。

他们自己的孩子早已成家立业，夫妇俩经常会在自家门前陪邻居家的小孩玩耍，还会带他们到田野里去。他们经常在邻居做晚饭时帮忙照看孩子。夫妇俩在邻里之间口碑很好，大家都说他们"做事非常守规矩、细心周到、踏实诚恳"。

他们绝对没有"被社区孤立"。

异常变化的降临

过了古稀之年，丈夫的健康情况越来越差。

因为"身体吃不消"，他放弃了多年来的田间劳作。据他的友人说，三四年前他就确诊了癌症，虽然医生建议动手术，但他觉得自己反正年纪也大了，最后选择了仅仅缓解疼痛的治疗方式。同一时期，妻子的健康状况也发生了巨大变化。

她开始不记得熟人的名字；总会忘记自己已经跟邻居打过招呼，总会寒暄好几遍；还会不记得自己吃没吃过饭。

妻子开始出现阿尔茨海默病的症状后，夫妇俩幸福的晚年生活开始逐渐崩坏。此外，从2015年（案发前一年）起，丈夫就开始向周围的人透露，他在考虑如何迎接生命的终点。

2015年10月左右，他说想把妻子做手工艺品的工具拿出来参加本地慈善义卖活动。邻居对此震惊不已，问他："真的要卖掉吗？"

丈夫答道："因为我家那位已经没法再做手工了。"接近年底时，他还突然相当认真地跟邻居说过想卖掉房子。此外，他还开始频繁地提到对妻子有多担心，总是把"我老伴儿"挂在嘴边，说着："如果我死了，把我老伴儿一个人扔在这世上，她是一天也活不下去的。"也是从那时起，丈夫需要依靠药物入睡，日渐憔悴。但他从未抱怨过自己照护妻子有多么不容易。

为了不给任何人"添麻烦"

案发前一周左右，2016年的1月底，丈夫因身体不适到附近医院住院。此时他最挂心的也不是自己的身体状况，而是如果自己先撒手人寰，妻子该怎么生活下去。

医院原本预计让他住院观察一周，但他坚持说自己没事了，住院4天就出了院。在自杀的前一天，丈夫还对邻居念叨：

"自己的事必须自己解决啊。"

"我宁愿是自己先痴呆。"

自己身患绝症，又要照护妻子，这显然是难以解决的困境。其实他也不是没有试过寻求帮助——了解他内心忧虑的朋友曾经推荐他去政府相关窗口咨询，还建议他申请照护服务。案发前3年，丈夫也确实咨询过当地的社会福利协会[1]和地区综合支持中

---

[1] 社会福利协会，是旨在促进民间社会福利活动的非营利非官方组织。它在日本各地提供多项福利和咨询服务等，旨在实现"福利城镇建设"。

心，想知道如果自己因病住院，有没有地方可以接收妻子。

他也曾经选过照护服务机构，但最后只使用了一次服务，也就是案发之前他住院的那次，他为了请人帮忙照看独自在家的妻子而申请了上门送餐服务。

他为什么不愿寻求外部援助呢？周围的人都说，这与他过于认真的性格有关。

"不能给别人添麻烦，也不能给孩子添麻烦。"

这是他生前常挂在嘴边的话。人们形容他是个"彬彬有礼、踏实正经的人"，有着过分强烈的责任感。

他离世时一言不发，我们已无法了解他当时的真实想法，但通过周边采访，我们感到他似乎认为"依赖照护服务"是"给别人添麻烦"。

意识到自己时日无多之后，为了不让妻子成为别人的"麻烦"，他亲手杀死了妻子。然后，因为不想让没能随她而去的自己再"麻烦"别人，他选择了绝食而死。

社区居民如此回忆：

"这对夫妇，说他们坚强也好，硬撑也好，总之他们太能扛了。"

"牢靠家庭"背后的危机

负责本案的记者后来调到了 NHK 盛冈电视台工作。该电视台所在的岩手县，2016年11月在短短几天内就接连发生了两起高龄者家庭内部的杀人案。

前文所述的案件都涉及照护问题，但发生在岩手县的这两起案件与埼玉县的案件更明显的共同点是，当事家庭在所在社区中都不是"孤立的"。

埼玉县的案件中，虽然妻子的个性不那么外向，但丈夫会积极参加本地组织的清扫活动，还有已经来往20多年的朋友。在照护过程中，他们也主动咨询过政府相关部门。

岩手县的两个涉案家庭也都自发使用了照护服务，他们与社区关系紧密，与子女也很亲近，可以说，他们在当地是被人尊重和信赖的。而政府和社区的关注通常会更向独居老人家庭或拒绝使用照护服务的封闭家庭倾斜。

社会福利部门工作人员在接受采访时说："这些家庭和子女的关系很紧密，他们会主动接触照护服务，而且和社区联系也很密切，因此不会被当作'高风险家庭'，出事之后我们非常震惊。"

为什么这些"不孤立"的家庭并不向外求救，反而走极端，选择了杀人呢？日本东北大学名誉教授长谷川庆三是研究老年家庭和家庭心理学的专家，他指出，即使是在"牢靠家庭"中，也会存在最终导致杀人惨剧的心理机制。表面上看，他们拥有良好的社区声誉，积极参与社区活动，也会接受照护服务。但一旦这种"靠自己坚韧地生活"的想法进入家庭成员内心，就会导致他们想只凭自己的力量在家庭内部妥善解决问题，从而陷入一种内部挣扎的恶性循环。政府和社区从外部很难发现这样的问题并予以关注。不仅是照护问题,在有社交退缩问题[1]和生活困难的家庭中,也存在这样的现象。

政府对这个问题同样感到头疼,因为很难了解这样"牢靠家庭"的困扰和需求,试错还在不断继续。在社区中也一样,如果人们听到当事人自己说"没问题",或许也就不会插手别人的家事。可是,曾为生活拼尽全力的人最终不得不以亲手杀害家人这样的悲剧画上人生的句号,最悲惨的结局莫过于此。

不是照护杀人,而是照护殉情

小川町的那栋案发住宅防雨窗紧闭,周围寂静无声。夫妇俩去世后很长一段时间,都不断有人来这里献上祭奠的鲜花。

案发一个多月后我们再次前往现场,发现了当时并未留意到的景象:这户人家的后院里有一片小得像花坛一样的菜园,绿叶蔬菜沐浴着阳光,生长得很茂盛。

丈夫因为健康情况恶化,10多年前应该就不再种地了。但是,在身体每况愈下又忙于照护病妻的人生最后一段时间里,他应该是想着"让妻子吃些对身体好的东西",又重新开始种

---

[1] 社交退缩问题,俗称"家里蹲",指一些人在长时间内选择在家闭门不出,拒绝与家庭成员之外的人接触、不上班上学、不进行社交活动的现象。

菜了吧……

本次节目调查涉及 138 起照护杀人案，我们不能将剥夺他人生命的罪行合理化，但通过详细访问与周边采访，犯人们与所谓以憎恨、自私为动机的"杀人凶手"形象相去甚远。

当事人为妻子种菜的小菜园里，绿叶蔬菜仍旧展示着旺盛的生命力。

于是，我们调查了另一组数据——这些照护杀人案中，有多少人在杀掉对方以后也想结束自己的生命。

调查结果显示，59 起案件的犯罪嫌疑人属于这种情况，而凶手不想寻死的案件仅有 4 起。

有 106 起案件的资料记录了犯罪嫌疑人实施犯罪后的行动，其中有一半以上的案件，杀人者曾有过自杀行为。

也就是说，过半数的照护杀人案实际上是"共同自杀[1]未遂"。很多案件的当事人都怀着当时没能一同赴死的悔恨，背负着罪孽继续活在世上。

---

1 共同自杀，原文为"心中（しんじゅう）"，指具有亲密关系的人相约自杀的行为。——编者注

第三章

只有我能
照顾我老伴儿

案件 5

"我并不后悔。我知道自己做的事情是错的，但是别无选择，只能这么办。"

患上阿尔茨海默病后的丈夫与从前判若两人，70多岁的女性因照护而筋疲力尽，勒住了丈夫的脖子

采访团队来到了关西地区。

本案当事人是一位小个子老太太，她在自家的独栋住宅里迎接了我们。她看起来相当憔悴，不知是因为上了年纪还是因为受到了案件的折磨。

她犯案的时间大约在 10 年前，案发后被判处 3 年有期徒刑，刑满释放后回到家中与儿子一同生活。

我们进了她家，被带进了一间日式房间，屋子最里面的灵龛上摆了张黑白照，照片里有个身穿西装微笑着的男人，那是被当事人杀害的丈夫的遗像。

我们所处的这个日式房间，正是当年的案发现场。

当事人端正地跪坐下来，开始向我们静静地讲述当天发生的事。

那时候，她照护腿脚不便的老伴儿已经第三年了。那天下午，她在家里突然听到了玄关处传来的大叫声，慌忙跑到门口。

老伴儿正一边惨叫"好疼啊"，一边抱着腿，在地上来回打滚，他平时用的行走辅助器倒在旁边。

附近邻居的房子都是上了年头的木造建筑，隔音不太好。

"再这样闹下去，会打扰到邻居的……"

当事人拼尽全力把老伴儿拖回了家里的日式房间。她环顾房间，想要找个法子让老伴儿别再吵闹。此时，老伴儿平时睡前服用的安眠药映入眼帘。家里没有止痛药，就让他把安眠药吃了。之后老伴儿逐渐安静下来。屋里响起了鼾声。

"睡着了。"

看到老伴儿睡着的样子，她松了口气。然后她的记忆就中断了，再回过神来的时候，唯一还记得的事，就是老伴儿躺在自己面前的被褥上，已经没了呼吸。

无论怎么喊他，也得不到丝毫回应。她低下头，手里不知为何正攥着条看着很眼熟的湿毛巾，正是她买回来给老伴儿用的那条。她每天都把毛巾打湿后放在桌上，以防老伴儿用手撑着桌子站起来的时候不慎滑倒。

"难道我刚才用这条毛巾……"

她理清状况后陷入了恐慌，不知所措地在房间里走来走去，直到和他们同住的大儿子下班回家。

警方接到报案后赶到现场,以杀人嫌疑将她逮捕。

"您给您的丈夫做过人工呼吸和心脏按压了吗?"

直到在审讯中被刑警如此询问,她才意识到自己根本没有采取任何救生措施。在此之前,她坚信自己是一时鬼迷心窍才勒住丈夫的脖子,但在那一刻她恍然大悟:当时的自己就是想要杀死他。

幸福的过往

我们请她详细说说两人刚结婚时的事。于是她开始讲,言语中充满对当初的怀念。

40多年前,夫妇俩是经熟人介绍认识的。没过多久,丈夫家里的亲戚就请她去他们家里做饭。当时的她非常"恨嫁",觉得对方是个合适的结婚对象,于是在3个月后就结了婚。

丈夫是建筑工匠,经营着自己的一摊生意,也雇了人干活。他拼命地工作,把家里的事儿全部交给了妻子。

"他是那种典型的老派昭和男人[1],这辈子工作都很卖力。"

---

[1] 昭和男人,通常用来形容在日本昭和时代(1926—1989年)出生或成长的男性形象,这一代人在二战后的重建和经济高速发展时期的社会环境和文化中形成了独特的价值观和行为方式。"昭和男人"通常被描述为有男子气概、勇敢、诚实、有毅力、有责任心,他们坚守传统价值观,勤奋工作。昭和时代的日本社会"男主外女主内"的家庭角色分工更为明显,通常男性是家庭的经济支柱,而女性则在家承担家务、照料孩子。

当时的日本处于经济高速增长期,业务非常多。为了支持丈夫的工作,她在家事之外也帮忙打理公司事务,但丈夫连晚上都要忙于工作应酬,依旧不顾家。虽然生活条件不错,但对于刚刚结婚的她来说,那是一段孤独的时光。

不过,婚后第二年,丈夫的态度发生了 180 度大转变:夫妇俩期待已久的儿子出生了。丈夫意外地展现出充沛的父爱,相当疼爱孩子。女儿出生后,他也开始在工作之余抽出时间,带着家人去露营和旅行。

虽然他依然还是很大男子主义,大部分的爱都倾注在儿女身上,并不那么关注妻子,但她仍然感到很幸福。

"他虽然性子急又爱发火,但是对孩子们非常温柔。我们会去京都玩,也会去野外捕蝉;去过琵琶湖,每年还会坐观光巴士去淡路岛。孩子们都很高兴。那时候经济很繁荣,我们家收入挺好的,我也会帮他打理生意,生活很宽裕……那是我最快乐的时候了。"

下坡路的开头

然而,幸福的日子没有持续太久。泡沫经济崩溃后,之前还忙得不可开交的生意突然间冷清下来,生活也一下子变得很艰难。

虽然丈夫为了养家糊口依然很拼,却很少能接到活儿,后来渐渐染上了酒瘾,酒精依赖症把他的身体也弄垮了。再后来,他突发脑梗死被送进了医院。治疗结束出院时,左半身因为脑梗死后遗症而彻底瘫痪了。

当事人对丈夫的照护就是从那时开始的。

他在家里也离不开行走辅助器,每次上厕所都要人陪,大小便也要人帮忙,有的时候一天要去厕所20次。到了深夜,妻子疲惫不堪地入睡还没两小时,就会被丈夫叫醒,使唤她做这做那。照顾丈夫时,一不顺他的意,他就会动手打人。

痛苦之下,她也曾经想过向儿女求助,但是,和他们住在一起的儿子工作非常忙碌,她不忍心让儿子在辛苦一天到家之后,还要牺牲睡眠时间照护老爸。而住在附近的女儿除了工作,还要照顾自己年幼的孩子。

她觉得实在不能给孩子们添麻烦,于是只好放弃了求助。

"真的只有我自己才知道到底有多难,谁都没法理解我的苦处。儿子要工作,女儿也要带孩子。警察那时候跟我说,'要解决问题,一定有比杀人更好的方法吧',可我当时真的就是没办法。"

不过,她那时候依然咬着牙坚持照护。直到两年多之后,让她陷入绝望深渊的事发生了。

为什么偏偏是我丈夫……

最先发现异样的是还在上小学的孙女。

丈夫看电视的时候突然把遥控器砸向旁边的孩子，大声喊叫："你是谁？"

那正是阿尔茨海默病的症状，他连自己最疼爱的孙女也不认识了。

"爷爷怎么了？"孩子抱着奶奶哭个不停。

"爷爷病了。"她只能如此安慰孩子。

当时，她确实也感觉和丈夫的沟通越来越不顺畅，但一直乐观地认为是他上了年纪的缘故。没过多久，情况更糟了，几乎没法和丈夫正常对话，他还会不分昼夜地大声嚷嚷。

"即使是在大半夜，他也会突然开始说些莫名其妙的话。电视一天 24 小时都开着，但他只是死死盯着屏幕发呆。我跟他说'现在你最喜欢的阪神队正在打比赛'，他也只是茫然地看看电视。他根本不睡觉，我心里也越来越慌。"

在吃的方面，丈夫也变得更加挑剔，只要饭菜不合心意，就一口也不吃。她被逼得没办法，只好跑到市政府的相关窗口咨询，想把丈夫送到照护机构去。但特殊养老院[1]根本没有任何空位，如果去住收费养老院，每月最低也需要花 15 万日元。她的养老金每个月只有 6 万日元，无论如何也付不起。

每周 3 次，每次 6 个小时——从上午 10 点到下午 4 点，只

---

[1] 特殊养老院，是日本的国营长期照护福利机构，供需要长期照护而又不能在家中生活的老人入住，原则上可以对他们实行终身照护。与民营养老院相比，特殊养老院的收费更低，因此很有吸引力，但入住条件有严格的规定，例如，入住对象必须是"照护 3 级"或以上（特殊情况下，也接收照护 1 级或 2 级）。

有在丈夫去日托服务机构的这一点点时间里,她才能从照护中逃出来喘口气。后来,丈夫开始不愿意去日托,好说歹说也只能让他每周勉强去一次。

趁着丈夫不在家,她买完东西或做完家务以后,就会到附近的公园去。公园角落里离广场不远的地方有一条长椅,她总是坐在那儿,抽着烟,独自一人度过丈夫回来之前的短暂时光。这成了她的习惯。

"要是待在家,我会发疯的。脑子停不下来,总是想着到底照护要到什么时候才能结束。想到回去就会面对这些痛苦,我就不想回家。"

她总能看到很多幸福的家庭在公园里玩耍。孩子们放声嬉闹着,父母笑容满面地看着他们。每当看到这样的场景,她的脑海里就会浮现过去儿孙环绕、享受天伦之乐的幸福时光。

如果看到上了年纪的银发夫妇在悠闲地散步,她就更感到揪心。自己家本来也可以是那样的,为什么偏偏只有老伴儿生病了?为什么偏偏只有自己要承受这种事?

"我真的很羡慕别人家。我从没想过他会得这种病,还以为我们这一家子也能像那样幸福地生活呢。"

而在家里等着她的是被照护折磨着、一眼望不到头的现实生活。此时的积蓄也花得差不多了,日常生活捉襟见肘。

有个念头在她的脑海里倏地一闪而过:

"……要不,就这么结束吧。"

只要想到过一次自杀,她就无法阻止自己千万次地想。不过,如果自己死了,儿子和女儿就不得不承担责任,照护父亲。

"孩子们也有自己的家庭和生活,不能让他们再受这样的苦。"

她不断告诉自己。

丈夫确诊阿尔茨海默病半年后,她终于越过了犯罪的那条线。

想从照护中解脱

当事人至今也没弄清楚当时为什么没能控制住自己。

当然,生活捉襟见肘是一方面:案发当天,家里的存折上只剩 5 万日元了。但经济上的困难并不是犯罪的主要原因。如果只是需要生活费,完全可以找儿子女儿要。实际上,孩子们也的确会给父母钱。

现在回想起来,她当时是想要从照护中得到解脱,哪怕只有一点点也好。

同样,勒住丈夫脖子那个瞬间,她无论如何都想不起来,却清楚地记得,被逮捕的第二天两条胳膊都疼得厉害。那是自己当时用尽全身力气勒住丈夫脖子的证明。

法院宣判后她入狱服刑。在狱中,她最放不下的是家人。自己成了罪犯,儿子和女儿在老家会不会无处容身?孙儿们在学校会不会被人霸凌？

"家里人一定恨死我了。"在狱中的 3 年，她一直这么想。

终于，出狱的日子到了。

走出监狱大门，她看到了意想不到的场景。儿子、女儿和孙辈都在外面等着她，他们特地开车走了很远的路来接她回家。

"您在里面受苦了。"

儿女的这句话卸下了她心头的重担。她还得知，邻居也曾联名上书请愿，要求为她减刑。

就算活下去，也只是一片苦海

为什么会迈出犯罪的那一步？为了得到答案，采访团队一次又一次地询问当事人。然而，她对这个问题始终摇着头保持缄默。

"刑警和检察官也问过我很多次，但我真的不知道。我也知道那事不该做，但我觉得，我这么做，最能得到解脱的是他本人。就算活下去，也只是一片苦海。我真的受不了了。"

"不能再问下去了。"记者这么想着，抬起头看了看整个房间，一阵悲伤顿时涌上心头。

墙上挂满了照片，都是每年生日时丈夫拍的，照片里是孙儿们天真烂漫的笑脸。电视上方最显眼的地方展示着孙子小时候画的水彩画。陈旧的五斗柜上贴满了儿童动画角色的贴纸，门口的柱子上有数不清的油性笔痕迹，是给孙儿们量身高时留下的。

这对夫妇确实曾经生活在这里，一起关注孙辈的成长，携手度过快乐的家庭时光。

我们准备告辞。当事人坐在了佛龛前，对着丈夫的遗骨和遗像，安静地双手合十，喃喃自语：

"你能原谅我对你这么做吗？"

于是，我们大胆地问出了此前没能触及的问题：

"您后悔当时杀了他吗？"

她回答得很快：

"我并不后悔。我知道自己做的事情是错的，但是别无选择，只能这么办。我想离开他，我想逃出地狱。那时候我满心都只想着这些了。"

"你能原谅我对你这么做吗?"

案件 6

"机不可失，时不再来。
要杀孩子他爸，现在是唯一的机会。"

> 80多岁的女性当事人曾梦想和老伴儿携手共度晚年，
> 而她的老伴儿却因为失智而行为异常，夜夜在外徘徊……

"我曾经觉得，我来照顾老伴儿是天经地义的。"

本案当事人是一位80多岁的女性，她本来是一位平凡的贤妻良母，但因为试图杀害身患阿尔茨海默病的丈夫而被捕入狱。案发后不久，她的老伴儿就因病去世了。天寒地冻的二月天，采访团队来到了关东地区的一个大型集体住宅区。

距离案发已经过去了6年，当时被判处缓刑的老妇人，现在还住在这里吗？

住宅区规模很大，我们在里面转来转去，由于迷路走了大概半小时，才终于找到了目的地。确认了一下门牌，上面还有这家的丈夫——也就是被害人——的名字。

记者深深吸了口气，平复了一下激动的心情，然后慢慢将手指放在呼叫铃上，按了下去。

随即我们听到女性的声音："来了。"

"我们是NHK的。"在对讲机里自报家门后，采访团队短暂地犹豫了。该怎么跟她说明来意呢？稍稍思考之后，记者说道："想向您请教一下和'照护'有关的问题……"

如果接听对讲机的就是当事人，那么缓刑期结束后，她已经回归社会过着普通的生活。我们想着，要是随意说出"案子"这个词，住宅区里人多嘴杂，可能会给她造成麻烦。

不过，也不知道这样说，表达得够不够清楚。

我们在这种担心中等待了一小会儿，听见了应答："请稍等一下。"大门咔嚓一声开了。门内出现了一位上了年纪的女性，平静地注视着我们。

"如果是收电视费，我家……"

"啊，不是的，我们是NHK的记者。这次来拜访您是……关于照护……呃，几年前的事……想听听您的想法。"

为了绕开"案子"这个关键词，记者吞吞吐吐。

"噢，您说的'照护'是指那件事啊……"

意识到我们在说什么之后，她低下了头，随后说了句："那好吧，请进。"说完，她转身进了玄关。进屋关门之后，记者终于说出了采访目的："贸然登门拜访，实在是非常抱歉。我们想请您和我们聊聊几年前的案子。"

我们随后向她说明了节目的宗旨：希望深入挖掘当下日本的

照护杀人现象，从而找出类似案件持续发生的根本原因。

她在原地低头不语，看起来犹豫不决。

记者接着说："我们绝对不是盲目地把陈年旧案翻出来，也不是想责怪当事人。现在，日本全国各地还是不断发生这类杀害家人的案件。我们每个人都可能在以后面临照护问题，所以想跟您聊聊，希望获得一些解决问题的线索。"

我们原本就计划好了，和她见面后就对她说这些。

当事人依然低头不和我们对视，默默地听我们说。

我们刚才说的话，会不会不够庄重？会不会伤害到她了？

她可能只沉默了短短几秒钟，我们却感觉漫长无比。

采访团队搜肠刮肚想再说些什么，而此时她微微点了点头："嗯，也是。我愿意跟你们谈谈。"声音很轻。

"进屋吧？"她邀请道。

看她刚才的反应，我们原本已经有了吃闭门羹的心理准备，此刻被请进门，我们感到出乎意料，甚至有点儿不知所措。

边进屋，记者边回忆着该案的卷宗内容。路上已经反复读了好几次，一会儿绝对不能把名字和数字之类的基本事实说错。

当事人和老伴儿两人一起生活，老伴儿患上了阿尔茨海默病。她自己也有慢性心脏病，长期的照护使她睡眠不足，到了崩溃边缘。突然有一天，她勒住了老伴儿的脖子，想送他先走。

当时老伴儿只受了轻伤，不过案发后两周他就因为其他疾病去世了，那时她还在看守所里。随后的庭审中，因为她在犯案后立即报了警，法庭认定她有自首情节，同时她"在照护的过程中心力交瘁，令人同情"，法院因此最终判处她缓刑。判决书如是写道："被告人是善良的普通市民，也是不遗余力照护丈夫的贤妻良母。"

这位"贤妻良母"坐在我们面前，正在给小孙子织袜子。由于慢性病的缘故，她看起来身体情况欠佳。

"我的小孙子啊，总是发着嗲喊我'奶奶、奶奶'，真的很可爱呢。"

她眯起眼睛，满脸幸福。

想成为广告里牵手相伴的老夫妇

起居室的佛龛上供奉着死者遗像，是位身穿夹克衫、面带微笑的瘦削男性，在案发后不久他就撒手人寰了。

遗像前的供品是她早餐时烤的面包。

"不好意思自己吃独食，每天早上都会分给他一点儿。今天在上面抹了点儿芝麻糊，想让他闻闻芝麻的香味。"

她和老伴儿当年是在职场相遇的，在对方热情的追求下结为连理。当时她离过婚，有个孩子，感到很自卑。她跟对方说："我要是你母亲，也会反对你娶一个带孩子的女人。"

"要跟你结婚的是我，不是我妈妈。"丈夫当即明确地表态。她对此感到非常高兴。

丈夫是昭和初期生人，虽然性格有些固执，却体贴妻子也疼爱孩子。他总是开车接送妻子上下班，即使两人闹了矛盾，他也还是会来接妻子。

"我上了年纪之后他对我还是很好，这个婚结得很对呢。"她语气里带着怀念。

婚后第三年，他们终于申请到了现在这个集体住宅区的入住资格，搬进了新家。新房子不仅有浴室和洗衣房，每位家庭成员还都有了自己的房间。"就像是迈入了中产阶级的行列一样。"她笑逐颜开，"那是我这辈子最幸福的时候了。"

但是，因为工作原因，家里欠了不少债，日子过得并不轻松。夫妇俩直到快退休的时候才还清了债务。被工作、家务和育儿占据而忙得团团转的生活终于告一段落。夫妇二人总算迎来了平静悠闲的退休生活。他们都很喜欢旅行，曾一起到夏威夷和北海道游玩。

说起丈夫患病前的夫妻关系，当事人滔滔不绝。不难看出，在45年的婚姻生活中，他们一起尝遍酸甜苦辣，建立了彼此信任的夫妻关系。我们也不禁露出微笑，边听边点头。

看着过去和老伴儿在函馆旅行时的留影，她脱口而出：

"'妈妈柠檬'洗涤剂广告里不是有一对老夫妇吗？唱着歌，手牵手走在函馆的坡道上。我也想像那样，和老公一直到老都手牵手走在一起……"

然而，憧憬已久的养老生活因为丈夫罹患阿尔茨海默病而彻底改变了。

丈夫变得"不再正常"

那是2010年2月的一天。当事人的老伴儿每天都要出门散步，这天也不例外。和往常一样，他到附近的便利店去买体育报，却在那里摔倒了。

当时他已经年近八旬，当事人起初并没有特别担心，觉得是因为上了年纪才不慎摔倒的。但后来，他又在散步时摔了好几次跤。慎重起见，家人送他到医院接受了检查。诊断结果是老人患上了阿尔茨海默病，出门必须有人陪同。

之后，为了接受照护服务，他们与地区综合支持中心的工作人员进行面谈。当时工作人员问他多大了，老伴儿报出的岁数比实际年龄小了20岁。问他家庭住址和电话号码，他也什么都答不上来。当事人非常惊愕，没想到老伴儿的病情居然已经发展到如此地步了。同时，他对饮食也表现出非常强烈的好恶，完全拒绝不称心的食物。

带他出去散步以后，爬上楼梯回到家里，他就会猛地甩开妻子的手。

"他的情绪也变得一天比一天不稳定。"

阿尔茨海默病也让老伴儿的睡眠节奏变得混乱，每天夜里都要解手好多次。当事人被吵得难以入睡，睡眠不足成了常态。

最后，老伴儿的病情持续发展，开始出现徘徊症状[1]。

他会在夜里 1 点穿好所有衣服，戴好帽子准备出门。把他带回家里以后，他就再也不睡觉了。周而复始的生活看不到尽头。

曾经有一次，老伴儿成功被医院接收了。但他闹着要回家，不顾外面还在下雨，身穿睡衣、拖鞋就往医院大门口闯。最后医院强制为他办理了出院手续。回家后，他还是一直反复说着"要回家去"。

她指着家里的灵龛对他说："你看看那是谁？那不就是你妈妈吗？"

据说，那时候老伴儿露出了诡异的笑容。

"我感觉……很不正常。他简直像换了一个人，好像根本不认识我。"

她想让老伴儿的病快点儿好起来，所以一开始四处打听的都是医院而不是养老机构。后来也咨询了地区综合支持中心的工作人员，但是被告知"现在没有空位"。明明自己也患有慢性心力衰竭，却因为一门心思扑在老伴儿身上，根本无暇照顾自己的身体。

案发后，女儿告诉她：

"当时您看起来非常虚弱，感觉随时都会倒下。"

直到那时，她才意识到自己已经到了极限。

---

[1] 徘徊，阿尔茨海默病专有名词，指无目的地行走、试图走出家门、夜间游走等病态行为。——编者注

"我的身体也吃不消了。"

照护生活仅仅持续了3个月,她的疲劳就酿成了杀意。

恶魔的耳语

案发当天。

在一位做医生的邻居的推荐下,他们又预约了一次检查,希望能住进另一家医院。

但那天老伴儿不愿意乘出租车,车在他们家门口等了半小时。虽然想方设法把他送到了医院,但院方说只有大医院才能收治这类病人,所以没有接收他。

之前住过的医院也以"我们不接收在本院有强制出院记录的患者"为由表示了拒绝。她联系了地区综合支持中心,得知还是没有能够入住的机构。

回到家后天色已暗,她感到用尽了全部力气,前路仍是一片漆黑。

那天夜里1点多,她被关门声惊醒,发现老伴儿又换好了衣服,准备走出玄关。

又要去外面游荡了吗……

"孩子他爸,今天的报纸还没开始卖呢。等天亮了再一起去吧。"这么说着,想要把他带回家里。

拉扯中,两人的身体失去了平衡,一起倒在了大门口。老伴儿直接起身去了起居室，靠在柜子边上睡着了。她在无奈和疲惫中深深叹了口气，回到卧室里躺下，但怎么也睡不着。

明明累坏了，却完全无法入眠。

她回到起居室，发现老伴儿就那么躺在那里，还在熟睡。她的手摸上了老伴儿的脖子。

"就在玄关这儿，我们俩就是在这儿跌倒的。"
"那边那个柜子，他当时就躺在那里打呼噜。"
"这里放着电水壶，我一看到电源线，就用它勒上了老伴儿的脖子。"

当事人为我们逐一指着家里的每个角落，讲述着当时发生的事。

我们又一次意识到：这个房间就是"案发现场"。在她平静的讲述中，我们自然而然地接受了她所说的一切，但此刻我们才惊觉——

啊，这里就是"案发现场"。

当事人原本一直情绪平稳地讲述情况，但讲到"我杀了他"之后，突然停了下来。

空气安静了片刻。

虽然很犹豫，记者还是问道："动手的时候您是什么心情呢？"

问得太直接了，好像有点儿过分。但如果不顺势提问，记者内心的情感可能会更加难以控制。当事人将视线转向窗外，短暂地吁了口气。

"日复一日过着这样的日子，会让我更加疲劳吧。那时候，我耳边传来一个奇怪的声音对我说：'机不可失，时不再来。要杀孩子他爸，现在是唯一的机会。'就像以前电视里演的那种国外的杀人案，犯人说听到耳边有恶魔的声音对自己说，'现在动手'，真的就是那样。"

"我没来得及想这么做好不好，就把那根电线绕在了他脖子上，使着劲儿。1、2、3、4、5、6、7、8、9、10……一直数到了15。当时真的拼尽全力了……我是个女人，没有多大力气，没法勒太久。手也很疼。"

她的声音听上去依然没有情感起伏。

我们不由自主地咽了一口口水。

沉静稳重的女性说出了"恶魔的声音"这几个字，太不和谐了。我们感觉到强烈的违和感，但同时也确实感觉到，这话真的只有当事人本人才能说得出口。

那时候，应该是被什么超越自己意志的力量驱使，才下手的吧……

当事人的每一句话都沉重地敲在我们心上。我们凝视着笔记本上记下的"恶魔的声音"。

她深深叹了口气，揉了揉自己的腿。"保持一个姿势说话时间长了，感到有点儿吃力……"我们为给她增加了负担而表示歉意，她却反过来关心了一下我们的身体情况。

当事人身体不好，我们深知这次采访给她带来了身体负担，感到由衷的抱歉。但更令我们心怀愧疚的是，让她回顾当年的痛苦经历。

当事人的老伴儿并未当场死亡。当时只受了轻伤，但性命无虞。

不过，她还是毫不犹豫地拨打了报警电话。

"只能靠警察了"

"我以为，报了警以后他们就会叫救护车来，就有人能管管我老伴儿。我只是想把他送进医院，让警察'救救我'。那时候，只有找警察了。"

她说，当时自己根本没想到会被逮捕。

"我完全没想过自己是个罪人。可是，最后只有我被带走了。我其实是希望有人管管我老公的……只有我被警察带走了。我真是傻。"她顿了顿，接着说，"只能靠警察了。"

听到这句话，我们都怔住了。

当事人做了很长时间的照护工作，对疾病有所了解，也知道政府机关有咨询窗口。即便如此她也觉得只能向警方求助吗？

"照看病人和全盘照顾一个人的生活起居是不一样的。虽然我自己经常睡不好觉，但又不可能放着他不管。所有时间都要花在他身上，完全没有属于自己的时间。"

她继续说：

"真的已经陷入深渊了。我也不知道自己在想什么，没办法冷静地做判断。我想，杀了他的话，他应该更幸福吧？应该能比活着要舒服一些。"

一字一句，都刺痛着我们的心。

她是多么困顿和孤独啊。

照护杀人犯是带着这样的想法，亲手杀害了深爱的家人……

平日的采访中，受访者通常要么是"加害人"，要么是"被害人家属"，都有着明确的身份。但眼前的采访对象，既是"加害人"，也是失去重要家人的"被害人家属"。状况如此复杂，我们只能埋头记笔记，不断点头回应。在老伴儿真正意义上需要照护后，不过短短 3 个月，当事人就犯下了罪行。

但是，这种一眼望不到头的日子，每一天想必都让人觉得异乎寻常的漫长吧。

令人心碎的呼救，事后才有人听到。

"我们是否能做些什么？"

"这种忽视还会持续下去吗？"

日本社会长久以来并未关注这些身处痛苦中的人群。作为这个社会的一员，我们不由得感到内疚与沉重。

亲自照顾老伴儿是天经地义的

当事人回顾过去时显得很平静,她说:"当时我的身心都已经被掏空了。"

"如果家人或者政府给予支持的话,您觉得什么样的支持能改变当时的情况呢?"我们问。

她稍微思考了一下,答道:"如果当时我老公能住进医院就好了。不过也就这样而已吧。"

"我来照顾老伴儿是天经地义的。"

他们的女儿当时怀孕了,即将临盆,没法帮到她。

"我也从来没想过让女儿帮忙,她也有自己的小家庭。"

她说自己不想给人添麻烦,也很难向人倾诉。身患阿尔茨海默病的老伴儿与从前性格迥异,每天满口抱怨。她觉得照顾老伴儿的事儿不能交给别人。

"家务事不好找别人帮忙吧。"

她长期从事照护专业工作,退休后也会去体育中心参加活动,身边有很多朋友。但她依然是个孤独的照护者。"理所当然,这是我的活儿"——很多女性正是因为自己身为人妻、身为人母,长久以来承担着照顾家庭的责任,才会产生这样的想法。

女性特有的思考方式是"家里的事必须靠自己解决",也因此独自背负了一切,最后把自己逼上绝路。

甚至有很多女性"理所当然"地接受了"所有担子都压在自

己身上"的事实。同为女性,记者很能理解这种"必须靠自己想办法解决"的思维。换位思考一下,如果我们处在这样的情况下,也很难轻易依靠周围的人。

常听人们说,"找不到能依靠的对象吗?""就没有别的选择吗?"但实际上,主动去依靠他人,是很难做到的。

解不开的心结

在当事人被拘留期间,她的老伴儿病逝了。死因与案件无关。但是,她没能见上老伴儿最后一面,也没能在葬礼上现身。

由于自己犯下罪行而不得不以这样的方式与老伴儿天人永隔,她会不会感到后悔呢?在采访中,我们问了她好几次。她每次都毫不迟疑地回答:

"只好认命吧。"

"我也没办法。"

"我想这大概就是命吧。"

她并不是在给自己找借口。案发后,她需要一直说服自己,让自己接受现实,才能继续过日子。照护折磨人的地方就在于此。

经过反复采访,当事人也梳理了自己的回忆,同时她的情绪波动也减少了。但她还是不吃安眠药就睡不着觉,医生说,她得了神经症[1]。

"我心里还是有个结，放不下啊。"她的声音充满了孤独感。

在这里，我们想记录一个小细节。某次登门采访时，对话的气氛并不太压抑，记者也没有边听边记录。

当事人默不作声地摆弄着折纸，打算折出一只小乌龟来。这时，她仿佛想起了什么，说道：

"我儿媳妇跟我说，我被带走以后，他发现我不在家了，就问他们：'你们妈妈去哪了？'儿媳妇跟他说我生病住院了。然后他就说，'她不要我了吗？'他不知道我勒了他的脖子。这算是好事吧？他不是因为我才去世的……不是我的错……太好了。这让我心里至少好过了一些。"

她眼眶泛红，声音颤抖。

那是我们唯一一次看到她流泪。

在当事人家里，丈夫的遗像旁摆着二人在北海道旅行时买下的木雕人偶——一对夫妻形象的人偶。人偶身上分别刻着夫妇俩的名字，亲密地手挽着手。

曾经梦想着在退休后和老公手牵手共度晚年的当事人，现在，独自一人住在自己杀害丈夫未遂的房子里。

---

1 神经症，一类主要表现为焦虑、抑郁、恐惧、强迫、疑病或神经衰弱症状的精神障碍的总称，常与不良的社会因素有关，表现为持久的心理冲突。

刻着夫妇俩名字的小人偶亲密地手挽着手。

案件 7

"不管家庭成员有多少，
最终，照护的重担只会落到一个人肩上。"

我们想请读者们听听节目中，
那些被照护责任压得喘不过气来的女性的悲恸呼喊

对过去案件进行分析后，照护杀人现象中的"另一个真相"浮出了水面。尽管女性往往被认为"更适合照护人"，在家庭中通常也主要负责照护工作，但实际上女性也会亲手杀害自己的家人。

节目调查了 2010—2015 年的 138 起照护杀人案，其中凶手是女性的有 48 起。也就是说，大约每 3 起杀人案中就有 1 起的犯罪者是女性。48 起案件中，女性与被害人的关系如下：妻子 20 起、女儿 15 起、母亲 9 起、姐妹 3 起、孙女 1 起。

NHK 以前的节目和专家分析都证实了男性在照护时很容易被逼入绝境。

例如，NHK 于 2010 年 10 月 14 日播出的"现代特写"节目——《拯救肩负照护重任的家人》中，日本福祉大学的汤原悦子副教授指出：

> 男性会在照护时设定目标。但即使再努力也很难看到成果，于是他们会感到沮丧。而男性就算感到烦恼也不愿将自己的弱点示人，所以会感到非常痛苦。

节目立项之初，采访团队也曾讨论过是否应该把重点放在男性加害人身上，但现实中犯下照护杀人案的女性也不在少数。

那么，女性是如何被一步步推向犯罪的边缘，最后以身试法的呢？

正因为是女性，才会逃无可逃

有一起照护杀人案发生在2012年12月24日晚上7点半，这天是平安夜。

案件中的行凶者是一位40多岁的女性，她在自己家的起居室里用折叠椅殴打了70多岁的老母亲——她照护的对象。之后，母亲死亡。这名女性因犯故意伤害罪并致人死亡，被判有期徒刑4年6个月。

采访团队试图联系当事人并了解情况，但没能确定她在哪里服刑。通过查阅案件审判材料和NHK的历史新闻稿，我们发现她当时的境况极度孤立无援。

当事人40出头，是位单身母亲，住在四国地区。她是照护相关公司的兼职员工，有3个孩子要照顾。在同住的母亲帮助下，她一边拉扯孩子，一边工作挣钱。可自从母亲得了阿尔茨海默病，她们的生活就变了样。

无论她如何努力照护，患病的母亲都不会说句谢谢，反而会咄咄逼人地用言语攻击她。

为了释放压力，她染上了喝酒的习惯。从案发前一年的8月开始，她喝醉的时候就会殴打母亲。

光是兼顾工作并且养育3个孩子就已经相当艰难了，这位女性还需要照顾失智的母亲。没有其他家人能帮她，担子都压在她身上。

案发的那个平安夜，她正在哄劝母亲吃药，母亲却对她骂道"去死吧"。一瞬间，她失去了理智。

忍受着不被理解的孤独，身上还压着工作、育儿和照护三座大山，当事人深陷泥潭，苦苦挣扎。

但在庭审中，检方表示：

"被害人使用了日托服务，被告人并不是整天都要照护被害人。犯罪动机并非由于照护母亲导致的疲劳，而是被母亲的言语激怒，这是相当自私的。"

确实，使用日托服务会部分减轻照护负担，但日托服务的频率是依照护分级决定的，即使得了阿尔茨海默病，在患者身体能自主活动的情况下，每周只能使用两三次日托服务，而且大多数时候都只能在白天使用。

也就是说，当事人在家中承担照护工作的时间占了更大的比重。而检方却断言："犯罪动机不是照护疲劳。"

在司法实践中，如果要认定当事人的犯罪动机是"照护疲劳"，是不是就意味着他们完全不能使用任何照护服务，还必须一年365天、每天24小时忙于照护呢？

如果被告的性别换成男性，而且是公司正式职员的话，就算家属使用了日托服务，也会被认定为"照护疲劳"吧。笔者认为，检察机关的这种看法似乎反映了社会对照护家人的女性所持的固有偏见。

辩方要求判处缓刑，认为"被告独自一人照顾母亲和3个孩子，一步步陷入了困境"。

但最终当事人被判处4年6个月的有期徒刑。

采访团队内部反复讨论过本案：会不会因为当事人是女性，才更容易被逼到穷途末路并酿成命案？

我们的团队成员有一半是女性。其中一位一边工作一边育儿的女记者说：

"采访对象是位'完美家庭主妇'。她养育了3个孩子，还要支持丈夫在外工作。虽然她和女儿感情很好，但是因为不想让怀孕的女儿担心，她觉得家里的事情必须靠自己努力，这必定给她带来了巨大的压力。"

正因为身为女性，才无法找身边的人商量，也因此更容易被逼到绝境——这是我们与当事人接触后才看到的一面。

团队中还有一位正在育儿的男性导演说起了照顾小孩和照护老人的不同：

"带孩子的时候，他们能逐渐学会做的事越来越多。虽然夜里哭闹也挺折腾人的，但是能感受到他们的成长。而照护老人的时候反而只会看到他们做不到的事越来越多。照护并不能阻止病程发展，也不能让卧床不起的人站起来自己走路。将照护老人与女性的育儿经验等同起来，这个想法根本就是错的。"

接受采访的女性当事人几乎都表达过类似的观点：

"照护是一场没有终点线的马拉松。"

照护者必须持续忍受着不知何时才能结束的艰辛生活。无论男女，在这个过程中都很难找到任何希望。

本节目对有过照护经历的人进行了问卷调查（调查对象615人，收回的问卷有388份），我们从中可以窥见家族成员把照护责任强加给女性的倾向。

> "我上面有两个哥哥，他们可能是不忍心看着父亲病弱的样子，虽然住得很近，却完全没有帮过我的忙。我和他们大吵一架，最后断绝了关系。"
>
> （43岁的女性，正在照护患有阿尔茨海默病的父亲）

> "我独自照护了我爸很长时间，但我的兄弟姐妹不仅没照护过一天，还经常冷漠地指责我。我也提出过需要他们帮

忙，但他们完全置之不理。虽然有兄弟姐妹，却得独自照护父母，不仅是身体疲劳，精神上的负担也非常重。"

（60 岁的女性，正在照护父亲）

女性确实经常承担照顾孩子与家人的任务，但她们也没有照护老人的经验。而且也没有理由只让女性负责照护。

正是"女性理所当然要负责照护"的社会风气，逼得女性走投无路。

就算家人同住……

我们在调查女性照护杀人案件时，发现了一个令人意外的事实。

过去 6 年发生的 48 起案件中，我们查明了 31 起案件当事人的家庭情况。除被害人与加害人外，还有其他家庭成员一起住的家庭，数量多达 14 个。

在同一屋檐下明明还有其他家人同住，当事人却还是走投无路，犯下了杀人罪。

上述情况着实超出了我们的想象。

采访前，我们设想的情况是，当事人"独自一人拼命照护家人，被逼得实在没有办法，才采取了极端手段"。但如果说还有其他家人，就不免会想问："为什么只有女性被逼上绝路了呢？"

尽管每个家庭的具体情况有细微的区别,在节目的问卷调查中,我们还是收到了许多女性的求救信号,她们都是被困在家庭中的孤独照护者。

许多和公婆同住的女性承担了照护婆婆的压力,她们会感到纠结和矛盾,不明白为什么这个活儿只落在自己身上。

"婆婆会打我那才两岁的孙子,还责骂我对她的照护做得不好。老公也不帮我的忙,我只能独自努力。"

(66 岁的女性,照护身患阿尔茨海默病的婆婆)

"因为要照顾婆婆,只有我一个人被公司辞退了。有时我会想,到底为什么要结婚啊,这婚结得毫无意义。"

(70 多岁的女性,照护卧床不起的婆婆)

"我从 30 岁的时候就开始照顾婆婆,撑了 20 年以后离婚了。因为我前夫是独生子,完全不帮我的忙,弄得我完全没有一点儿可以自己支配的时间。"

(55 岁的女性,照护过身患阿尔茨海默病的婆婆)

有不少人表示,虽然跟孩子同住,但没法要求子女在照护中给自己搭把手。

"家里所有人都要我来伺候，我的疲惫永远无法消除。不知道这种日子还要持续多久，我度日如年。"

（54岁的女性，正在照护母亲）

"母亲得了癌症，父亲失智。20年来，我和社会完全脱节，有种强烈的恐惧感，觉得跟不上外界脚步的只有我一个人。不管家庭成员有多少，最终，照护的重担只会落到一个人肩上。"

（74岁的女性，照护年迈的双亲）

女性常被认为更擅长处理邻里关系，也更容易向周围的人求助。可现实却是她们在自己家里都得不到帮助，孤立无援。

即使是外界看来关系和睦的家庭，也会发生命案。

日本山阴山阳地区有位70多岁的女性，用电线将得了阿尔茨海默病的老伴儿勒毙。判决书中称："被告临时起意，且没有合理原因对被害人实施了杀害行为，犯罪情节极为恶劣。"当事人最终被判处有期徒刑。

我们从卷宗中找到当事人家的地址，进行了实地访问。

那是个群山环抱的住宅区，独栋房屋一户户紧挨在一起。

令人吃惊的是，同一块建筑用地上竟然盖了四栋房子。

当事人的丈夫有三个兄弟姐妹，四家人在这一大片土地上建造了各家的独栋房子。虽然并不是住在同一屋檐下，但如果不是关系亲密的亲戚，一定不会住得这么近。

那为什么还会发生命案呢？

当事人家位于整片建筑用地的最里面，我们到了她家门口，发现门牌上仍然是她已故丈夫的名字。按了对讲机，但无人接听。当事人还在坐牢，她丈夫也已经离世，所以没人接听也是意料之中的。

但出乎我们意料的是，房子被打理得很好，院子里栽种的植物也整整齐齐。案发以后，丈夫的兄弟姐妹是不是也在帮忙呢？

我们看到隔壁的房门口有一位中年妇女站在台阶上，她很可能是被害人的妹妹。不过，我们刚开口表明NHK记者的身份，她就快步走回家了，没法对她进行采访。

另一户没人在家。于是，我们去了最后一户人家，有位50多岁的男人应了门。不过他一听说我们是NHK的记者，立刻脸色大变，扔下一句"再敢来这里我就杀了你们"，就关了门。

和亲戚们生活在一起的当事人，为什么还会被照护逼到要杀人呢？

附近的街坊说，这家的几个兄弟姐妹"手足之情"甚笃。邻居家的主妇说："这四家人彼此之间来往很密切，让人觉得就算遇到什么问题，他们也能靠自己解决，所以他们家的事儿不需要附近的街坊帮忙。"

那么，为什么没能阻止这起命案的发生呢？

我们在审判资料中发现了一些令人费解的情况。

这对夫妇是在昭和30年代结婚的。丈夫在印刷公司上班，当事人在孩子长大成人、独立生活后，曾做过上门照护人员。她身为"照护专业人士"的工作经验长达 20 年。

案发前 5 年，她的丈夫被诊断出阿尔茨海默病。起初的症状只是越来越健忘，但从案发半年前开始，他的病程发展到需要正式照护的地步。他能独立走路和吃饭，但需要人帮忙洗澡和如厕。此外，他每周会有两天被送去日托服务机构。

让当事人备受折磨的还有丈夫的徘徊行为。

案发前夜，外面下着雨，而丈夫又出去游荡了。深更半夜，她在冒雨和丈夫一起走回去的路上，心里难受极了，想着"只靠我一个人照顾他已经不行了。要想两个人都解脱，只有先杀了他再自杀了"，于是实施了犯罪。她用菜刀刺向自己的胸部和其他地方，但没有死成。

以上就是一系列庭审中揭示的案情经过。

在实地采访中了解到的"手足之情"完全无迹可寻。

从开庭陈述到下达判决书，每一份卷宗里都没有提到当事人的兄弟姐妹。当事人曾表示"只靠自己已经不行了"，我们可以由此推测，她并没有得到丈夫家里兄弟姐妹的帮助，而是独自一人承担照护的任务。案发前夜，丈夫在外徘徊时，到外面去找他回家的也只有当事人自己。也许正因为自己就是照护工作者，反而更难找周围的人商量。可以想见，尽管身边有这么多亲戚，这位女性当事人依然处于孤立无援的艰难处境。

但法官认为，她是"临时起意，且没有合理原因对被害人实施了杀害行为，犯罪情节极为恶劣"。我们觉得这样的措辞和事实有相当大的出入。

旁观者或许认为犯罪行为是"临时起意",但对于当事人,这是精神压力日积月累后爆发的结果。而且,也许正是因为她独自一人担下所有责任,竭尽全力地照护丈夫,所以身边的人并没有察觉到任何杀人的征兆。然而,她最终被判了刑,蹲了监狱。

这就是事实:即使是有 20 年上门照护工作经验的女性当事人,也会被逼成杀人犯。采访团队产生了一种危机感:在这么多尝尽照护痛苦的女性之中,谁都可能在任何时候犯下照护杀人罪。

就算和家人生活在一起,女性也还是孤军奋斗。我们(尤其是男性)是否关注过这样的现实呢?

直到今时今日,社会上也总有"女性更适合照护工作"的说法,这恐怕只是世间男性强行把照护工作推给女性的借口罢了。在被照护折磨,走上绝路这件事上,两性面临的困境是相似的。很多女性即使和家人共同生活,依然因为"看不见的孤立"而深陷泥潭。正视这一现实,是拯救她们的第一步。

劳动年龄人口正在成为牺牲品

节目播出后,我们收到了接近 300 条反馈,大部分来自女性。日本厚生劳动省平成 28 年(2016 年)国民生活基础调查显示,在日本从事照护的人有 66% 是女性。

我们从这些反馈中发现:在日本承担照护责任的女性(特别

是还处在劳动年龄的那些女性）被迫承受了沉重的负担，而她们自己的人生却沦为牺牲品。

首先是来自职场的声音，这些女性在职场中饱受不被理解之苦。

"从我被派遣去上班的公司的角度看，我总是有突发情况，为了照护母亲而请假或早退。这会给他们添很多麻烦，所以决定辞职了。"

（来自福冈县，40多岁的女性，公司派遣职员）

"我以前在医院工作。我想过很多次'要是妈妈不在了就好了'，甚至还对母亲动过粗。如果有照护停职制度的话，我想我的人生会有所不同。"

（来自大分县，50多岁的女性，无业）

不少人表示，因为照护太消耗精力，不得不主动离开工作岗位。

"下个月我打算辞职不当老师了。我自己还没结婚，有时有人问我'你自己以后怎么打算'，但我也累得不想去思考了。等我母亲百年之后，如果我自己上了年纪，希望在失能需要照护之前就死掉。"

（来自东京都，40多岁的女性，教师）

"我妈妈现在外出困难,所以我要替她做家务。由于体力撑不住,我辞掉了合同工的工作,自己也经常出现抑郁症状,生活前景一片迷茫。"

(来自东京都,40多岁的女性,无业)

也有不少人因为照护而放弃了自己的婚姻,这在我们心中也留下了难以磨灭的印象。

"我爸妈以前都是我照护的,他们现在都已经去世了。不过我既没结婚,也没找到地方上班,所以我现在会想'我活着到底是为了什么?'"

(来自栃木县,40多岁的女性,兼职打工维生)

"我在有机会结婚生子之前,就不得不打消了这些想法。从30多岁开始,我自己一个人照护祖母、父亲和母亲长达10年,每天他们外出徘徊时我都得跟着,夜里也会被叫醒三四次,陪他们上厕所。那时候,我心里一直在想,到底是我先死,还是他们先死。我觉得自己的人生毫无价值,才一直照护着他们。"

(40多岁的女性,公司职员)

采访前,我们认为照护主要是老年人的问题。但实际上,根据日本总务省平成24年(2012年)就业结构的基本调查,正在照护亲属的人群中，50 岁以下的劳动年龄人口比例高达 53%。

为了照护家人，不少人牺牲了自己的工作、家庭乃至人生。

照护一开始，问题就层出不穷。辞掉工作后就没法回到职场，也很难再兼顾育儿，很多人不得不放弃了结婚和生育。日本已经进入重度老龄化社会，这迫使劳动年龄人口做出了极大牺牲，女性做出的牺牲尤其多。

如今，日本提出了"一亿总活跃社会[1]""让女性绽放光彩的社会"等理念，以促进女性参与社会各方面活动。但是，在社会上，"照护是女性的工作"这种普遍观念至今仍根深蒂固。在 2000 年开始推行的长期照护保险制度中，国家开始减少需要投入大量成本的照护机构，而更重视居家照护。但是如果家里没有人的话，这个制度也就不成立了。

在这个"大照护时代"，全日本需要照护的老年人口已经超过 634 万人（截至 2017 年 5 月）。我们将何去何从？

如果要求女性既要工作挣钱，又要生儿育女，同时还得肩负照护重任，那么女性照护杀人的现象将永远不会消失。

长期照护保险制度建立的初衷，是提倡"照护社会化"，旨在让全社会一起参与到照护老年人的工作中来。我们应当回归初心，改变这个把照护责任强加给女性的社会。

---

[1] 一亿总活跃社会，是日本前首相安倍晋三提出的概念。在少子老龄化的背景下，旨在把日本建设成为无论年纪、性别，所有人都能在家庭和职场发挥作用的社会。

第四章

在照护离职之前

案件 8

"如果能在不辞职的情况下照护家人，
那是最好的。可是真的存在这样的方法吗？"

50多岁的男性当事人，母亲病倒后坐上了轮椅，
而他得不到公司的理解，最后辞了职，专心照护母亲……

2015年秋天，我们读到了一则报道。那是一起伤害致死案，发生在静冈县的一户人家，50多岁的男性当事人在家殴打自己正在照护的80多岁老母亲，致其死亡，最终被判有罪并被判处缓刑。

报道中提到了一个引人注意的细节：当事人"为照护母亲而辞去了工作"。

在此之前，节目组的记者从未将照护情境代入自己的生活。我们自从考上大学，就没有再跟父母住在一起了，大概也分开了10多年。干新闻记者这一行，尤其是NHK电视台的记者，我们经常被调到日本全国各地工作，去哪里都有可能，也完全没想过

有朝一日自己可能会因需要照护父母而跟他们住到一起去。

正因为如此，报道中这位不惜放弃工作来照护母亲的孝子犯案的理由着实令人费解。这让我们很想不通。

根据报道，当事人刚刚被判处缓刑，要是能联系到他的话，说不定能和他面对面谈谈。

采访团队着手搜集当事人的信息，在法院相关卷宗中查到了当事人辩护律师所在的事务所。

"打扰了，关于您负责的那个前几天刚宣判的案件，我们有些问题想请教……"

虽然律师对我们的突然到访感到吃惊，但还是认真听我们说明了来意。

"我们对案件很感兴趣，在'照护离职'这个角度，它很有代表性。"听我们这么一说，律师也说，他在辩护过程中同样关注着这个问题。

接着，在不违反保密义务的前提下，律师向我们透露了一些当事人的情况。

据说，当事人是个非常踏实勤勉、认真负责的人。他愿意为了母亲辞去工作，应该是很重视责任、很为母亲着想的。虽然律师口中对他的描述符合我们的预想，但这样的"普通人"杀害了母亲，让我们感到案子背后有很严重的问题。

我们向律师询问当事人现在身在哪里，"估计是回自己家了吧"，律师回答。向律师道谢后，我们直接前往当事人的住所。

当事人居住的住宅区离最近的车站步行需要 30 分钟左右，

他家房子所在的地势比附近的其他住宅稍微高一些,看上去很气派。

他回来了吗?要是见到他了,该怎么跟他说明采访请求呢?

记者一边在心里反复琢磨,一边按下了门铃。没人回应。

于是,记者又按了一次,还是没有一点儿动静。

家里似乎没有人。

他是刚巧出门了,还是已经不住在这里了?此时已经是傍晚,我们打算在附近转转,稍后再来看看情况。

过了一个多小时,我们正打算再去一趟他家,记者的手机响了。电话是白天拜访过的律师打来的,他表示自己已经给当事人打过电话,现在对方应该已经到家了。

我们连忙赶了过去。

"您好,我们是NHK的……"

门开了,当事人出现在我们面前,是个看起来非常普通的中年男子。

"听说,律师已经给您打过电话了。我们希望能有机会跟您谈谈。"

屋里堆放着好几个大包裹,他好像正在忙着拆行李。

"现在我稍微有点儿腾不出空……"

他抱歉地低下头来,说道。

看样子,他应该是在案件宣判后刚刚回家。当事人跟我们说,第二天早上大概没问题,所以我们只留了张名片,决定翌日一早再去拜访他。

但是第二天，当我们再次见到他时，他表示不愿接受采访。他刚刚被判有罪，想必是觉得要考虑与自己同住的儿子们和邻居的感受。

因此，我们表示，目前阶段只是和他聊聊，不会进行任何拍摄。最后他同意了。谈话地点是他家的大门外面，他有点儿过意不去地解释："家里还有很多东西没整理，只能在这儿了。"

仅凭这句话，我们也能感受到他较真的个性。

随后，当事人就向我们讲述了案件的来龙去脉。

从一心工作到一心照护

当事人大学毕业后进了一家本地超市，成为正式员工。20多年来，他一直全心全意扑在工作上，从天亮忙到天黑。然而，在2014年夏天，他的生活轨迹发生了重大转折。一切都是从家里80多岁的老母亲突然病倒开始的，虽然她幸运地保住了一命，但医生说她今后大概就得坐在轮椅上了。

当事人的两个儿子都才20出头，刚刚步入社会，而亲戚也都住在外地。所以他决定一个人承担母亲的照护工作。

但如果像过去一样早出晚归，是没法照顾好母亲的。于是他向公司提出申请，希望能缩短自己的工作时间。听说这事后，领导跟他说：

"清早不来做开店准备的话可不行。"

他只能退而求其次,试图请求公司批准自己在一个星期内,每天早上稍微晚一点儿来上班。

但领导反问他:

"就算给你一个星期时间,这事儿就能解决得了吗?"

要照护老人到什么时候,谁能预计得了呢?最后,他不得不从已经工作了20多年的超市辞了职。

原本他一门心思只知道工作,而从那时起,生活发生了巨变。接送母亲去医院、照顾她的生活起居,所有事情都是他一个人干。因为没了收入,只好动用从前的储蓄,家庭经济状况变得越来越不好。辞职是为了照顾家人,但如果这样下去,日子也要没法过了。他迫切需要再就业,但因为家里有老人要伺候,用人单位知道情况后都不愿意聘用他。他试过应聘正式职员,但没有被任何一家公司录取,只能开始做临时工。

因为时薪不高,他不得不同时打两份工,白天去商场上班,深夜和早晨则是去餐饮店干活。

但白天,他还要照护母亲。他严重缺觉,越来越疲劳。在工作间隙也回不了家,只能在车里打个盹儿。

他努力兼顾照护和挣钱,但母子关系开始出现了裂痕。因为要出门打工,他常常不在家里,母亲开始感到不满。她要求儿子,如果要出去工作,那就得找个稳定工作,当正式职员。

自己是因为母亲而落入如此艰难的境地,母亲却毫不理解。也是从那时起,他心里开始滋生对母亲的怨气。

穷途末路

案发时间是他开始照护母亲 10 个月后的一个晚上。

那天半夜 12 点,他准备去餐饮店上班,出门前和母亲说了几句话。那时候,母亲一再要他找份稳定工作,两人因此发生了口角,他没忍住,对母亲动了手。母亲被救护车送到医院后被宣告死亡,当事人被警方逮捕,以伤害致死罪被起诉。

自从第一次和当事人在他家里见过面以后,采访团队又联系了他很多次,表示希望能让更多的人了解照护离职者的现状,并且保证采访是匿名的,最终得到了他的同意。

我们在人迹罕至的山里安排了拍摄,地点是半山腰上的一把长椅。

他不希望邻居看到自己接受采访。回顾过去那些日子时,他脸上的神情满是落寞。

"如果能在不辞职的情况下照护家人,那是最好的。可是真的存在这样的方法吗?我一天天地被逼到了穷途末路。"

穷途末路。

他对自己状况的形容,至今仍铭刻在采访团队的心中。

当事人为了照护母亲辞去工作,但生活陷入了困境。而且,一旦辞去正式工作,以后就再也找不到这样的职位了。他最后开始打零工,人生彻底一落千丈。

要是我们也面临相同的状况,能避免走上"穷途末路"吗?

对本案当事人的采访,也许能为即将开始照护的人提供一些启示。

"我应该更多地向别人求助，依靠他们，和大家商量解决方法。我觉得自己没能这么做，是错误的。"

正如他所说，向周围的人寻求帮助是一种解决问题的方法。

照护者承受着巨大的身心双重压力，同时也孤立于社会之外，这并不是少数案例。为了防止这种情况发生，家人、社区和政府都应该想出应对的方法，来支持照护者。

当事人对于母亲的死抱有强烈的负罪感，在案发一年多后依然如故。现在，他在家人的支持下开始重新找工作，希望能开始新生活。他说，现在自己能做的，就是好好过日子，让离世的母亲心安。

如何支持"照护者"？

本案背景中的"照护离职"现象，如今已是相当大的社会问题。

在日本，每年约有10万人[1]因照护而辞去工作或被迫换工作。2016年1月，日本政府提出了"零照护离职"的理念，并计划到21世纪20年代初期，建设约能容纳50万人的福利机构。

不过，在对身处照护一线的人们进行采访时，记者发现"照

---

1 资料来源：日本总务省发布的《平成24年就业结构基本调查》。

护离职"目前丝毫没有减少的迹象。

本节目问卷调查中,曾因照护而辞职的人纷纷表示,希望能得到再就业方面的支持。

"比起被照护的人,更应该加大对照护者的支持力度,例如提供以照护离职者为对象的再就业支持。"

(50多岁的女性)

"需要为照护离职者回归社会提供帮助。由于照护不得不离职的情况越来越普遍,他们的离职尽是一些表面上的原因,(应当探究深层次的原因)优先为处于无业状态又面临照护工作的人推出政策,让他们安心。"

(40多岁的女性)

"虽然政治家提出了'零照护离职'的口号,但是有些人经济能力不足,使用不了照护服务,还要久等入住设施空出位置来,所以不得不待在家里照护家人。对他们来说,工作和照护如何兼顾呢?"

(60多岁的女性)

在2010—2015年这6年间所发生的138起照护杀人案中,本节目采访团队调查了解了其中94起犯罪者的就业情况。照护者有工作的案件仅有17起,多达77起案件的犯罪者处于无业状态。虽然很多老年人在还没开始照护亲属时就已经退休了,情况很难一概而论,但我们在采访中也发现了一种倾向——由于无业,照护者和社会的联结变得很弱,容易陷入孤立无援的状态。

那么,我们要怎么做才能减少照护离职现象呢?

日本的长期照护保险制度原本是为了支持需要照护的老年人而设立的,却忽视了照护者群体的需求。

英国作为"支持照护者"的先驱,早在20多年前就开始出台各种政策。

在1995年,英国制定了相关法律,对照护者进行认证,并为其提供服务。还规定地方政府有义务根据照护者的要求为他们提供信息收集等服务。此外,各地还有名为"照护者中心"(Carers Centre)的非营利组织,让照护者就近进行咨询。它们与各地方政府密切合作,为照护者提供一站式的服务,如照护相关服务与津贴申请、信息获取、照护者交流会、心理咨询师的咨询服务等。

英国和日本一样,地方政府因为财政问题无法在照护服务方面提供非常大的预算。不过,"必须支持照护者"的文化理念已经在英国深深扎根了。而在日本,我们将如何支持照护者呢?为了不让照护杀人的悲剧重复上演,这是摆在我们面前的重大课题。

案件 9

"妈妈太可怜了，所以我动了杀心。"

母亲得了阿尔茨海默病，总会玩自己的排泄物，50多岁的男性当事人辞去了工作，如同把自己禁锢在房间之中……

本案的案发现场是一栋公寓，它坐落在冈山县的某个城镇，是一栋破旧的木结构建筑，招牌也锈迹斑斑。就在这栋公寓的一个房间里，50多岁的男性当事人勒死了自己80多岁的母亲。

平日里，母子二人住在这里相依为命。据说，平时他们家也是窗户紧闭，拉上窗帘的。案发后，当事人自己打了110报警电话，被赶来的警察当场逮捕。

当时报道本案的NHK新闻，在最后表示：

> 犯罪嫌疑人在侦讯中供述，"因为照护疲劳而勒了母亲的脖子"，警方正在对嫌疑人的犯罪动机和案发经过展开详

第四章　在照护离职之前 | 123

细侦查。

随后在庭审中，当事人因"怀有强烈杀意、犯罪情节恶劣"被判有期徒刑。

常规新闻因为时长限制，未能对本案背后的故事进行更深入的挖掘。

杀害母亲的当事人经历过怎样的绝望？本节目决定对这起弑母案进行重新报道。

我们先去拜访了当事人的辩护律师。

因为是旧案，我们觉得律师不一定还记得当事人。但出乎意料的是，律师竟然表示："他给我留下了很深的印象，跟我以前负责的案件中所有的被告人都不一样。"

此话怎讲？

"这么一个普通人居然犯下杀人重罪，我觉得很不可思议。"

律师翻阅着案件资料和面谈手写笔记，一边回忆当年的故事，一边慢慢向我们讲述案件经过。

案发前9年，当事家庭的母子俩开始一起生活。当事人原本一直在公寓里独居，那时他把母亲接了过来。他平时要上班，母亲就在家里做饭，照顾他的生活。

这么过了两年之后，母亲开始变得反常，外出购物时会买一大堆洋葱和土豆回家。

这是她阿尔茨海默病的开端。

全身心的照护

认真尽责的当事人全心全意投入照护之中，但即使再努力也是白费，他母亲的病情还是不断加重。

在母亲开始痴呆大概 5 年后，只要一不留神，她就会玩弄自己的排泄物。

当事人下定决心，辞掉工作专心照护母亲。他必须一手包办母亲生活的方方面面：吃饭、洗澡、上厕所……

母子俩只能靠母亲领取的遗属抚恤金维持生活。每天精打细算也没有余钱，日子过得很苦。

案发前一年，母亲已经和两三岁的小孩没什么两样；又过了 4 个月，她终于认不出自己的儿子了。无论当事人对待母亲多么尽心，她也完全不知道。当事人产生了深深的无力感，不过，他依然咬牙坚持着。

案发当天，他一如往常，下午 4 点左右开始帮母亲洗澡，5 点左右开始给她做晚饭。

吃饭时，母亲还评价道："今天的饭不怎么样啊。"

之后，他就杀死了母亲。当事人说，并没有什么所谓的"导火索"。

案发后他打了 110，说自己厌倦了对母亲的照护，勒死了她。据说，他觉得如果自己被逮捕了，就能赎罪。

母亲曾经一度恢复过呼吸，警察抵达现场时，正撞见他再一次勒住了母亲的脖子。

冰箱里，还放着他准备第二天和母亲一起吃的菜。

他遭遇了什么？

律师跟我们说，在案发前，当事人的行为就有些异常，他在长期照护母亲的过程中，变得很不愿意与外界打交道。

家里常常窗扉紧闭，窗帘也整天都是拉上的。在光线昏暗的屋子里，他除了照顾母亲，就是倚在柱子上发呆，完全不动弹。他说，已经完全不在乎自己的生活了。

案发前大约一个月，他食欲不振，同时出现了幻听，每天都有好几次觉得家里来人了，好像听到有人按门铃或是敲门。

案发前3天左右，他还听到了一个男人的声音——"把妈妈杀了吧"。

案发后，他告诉律师："我不知道为什么会变成这样。我也不记得自己什么时候勒死了她。"

为什么他会在母亲的照护上付出这么多呢？据说，是为了向她报恩。

他在30多年前曾经结过婚，还生了个儿子。可是儿子有精神方面的问题，经常在家里胡来。

也是因为孩子的病，妻子最后和他离了婚。儿子的抚养权判给了他，但是他跟当地社区的联系很少，没人可以求助，与兄弟姐妹们也开始渐渐疏远。

那时候，唯一帮他照顾儿子的人就是他的母亲。母亲帮他把儿子从小带到大，直到 19 岁。律师的面谈笔记中写道，当事人的儿子曾经殴打奶奶、跟她要钱。尽管如此，母亲还是一直很照顾自己的孙子。当事人对此非常感激。

谈及自己即使只有一个人，也始终努力照护的原因，他说："全都是为了感谢母亲的付出，我有照顾她的责任和义务。"

当事人被逮捕后，很久没和他联系的姐姐和弟弟来探视过他。当时，他哭得说不上来话。姐姐和弟弟都没有责备他，姐姐还一遍一遍地跟他说："没事的，没事的。"

他的姐姐对警方说："我弟弟非常努力地照护着妈妈，我并不怪他。如果有可能，希望法官能对他从轻发落。"

但她并没有在法庭上为弟弟做证并请求酌情宽大处理。她告诉律师，还是无法接受自己的亲人是杀人犯，希望在审判过程中不要提到自己的名字。

辩方希望争取缓刑，但当事人最终仍以杀人罪名被判处有期徒刑 3 年 6 个月。审判长当时这样对他说：

"你未来的生活也许会遇到困难，但请你不要独自承受，要学会向周围的人求助，坚持生活下去。"

第四章 在照护离职之前 | 127

当事人服从了判决结果,没有上诉。他进了监狱。

律师给了他几万日元,让他在狱中能买点儿日常必需品和小零食。

"我可能不该给他钱,但我想为他做点儿什么。"

律师回忆着当时的情景。

律师的笔记本上记着当事人当年的陈述:"勒她脖子的时候我没有使多少劲儿。""不想让她受苦。""妈妈太可怜了,所以我动了杀心。"

而他对母亲"没有怨恨,也没有嫌她麻烦"。

他和律师见了很多次,但从来不说照护有多辛苦。

孤身一人

采访团队决定寻找当事人的下落。不过,我们一直没打听到他出狱后的去向。

我们走访了一些接受从监狱假释的犯人入住的机构,得知当事人从2013年4月开始在某个机构住过4个月。于是,我们去拜访这个接收过他的机构,见到了负责人。这位负责人对当事人的印象是:"一个老实人,好像一直都没有忘记自己犯过的罪。"

他待在机构中的一个房间里,整天看电视,不和任何人交流,也没有亲属和熟人来访。

机构负责人介绍，他在机构里住了4个月，在8月找了一间公寓搬出去了。至今他还独居在那里，每个月领取6万日元左右的养老金。

和他住在同一公寓的其他房客说，他搬进来后就一直闭门不出，不过最近，他偶尔会带着照相机独自出门。

有没有可能和他直接交谈呢？我们给当事人写了一封信。

"也许您想要把过去发生的事情都忘却，但是，为了不让悲剧重演，您可以和我们聊一聊吗？"

可惜的是，当事人通过前面那位机构负责人跟我们传话，表示不想和我们接触。据说，他从该机构搬走后一次也没回来过，但这次他亲自跑了一趟，告诉机构负责人自己拒绝采访。

他和负责人聊了大概半小时，说到自己去年终于被允许参加母亲的法事。不过为了不和其他亲戚碰面，他是自己一个人提前去的。尽管如此，能去母亲的七周年忌日，还是让他感到很欣慰。

负责人招呼他下次再来，他答应后便离开了。

我们又一次去了案发的公寓，它的四周建起了很多新住宅，能听到年轻的夫妇和小孩的声音。只有那栋公寓依然破旧不堪，仿佛时间在这里静止了。

当事人独自照护母亲，尽心竭力。然后，他杀了自己的母亲。

直到如今，他和社区、熟人、亲戚之间的关系都无法恢复如初，只能静静地过着与世隔绝的生活。

本节目调查的138起照护杀人案中，有32起的加害者是儿子、15起是女儿。全部加起来，有34%的案件是由子女犯下的。

民生委员在社区中巡视时，往往会优先考虑独居老人或是"老老照护"的家庭。案发后也常听到邻居说："这家的老人有他们家孩子管着，我们以为不会有问题"。

然而，实际上每3起照护杀人案就有1起是老人的子女所为。

其实，照护老人的"子女世代"处于孤立无援的境况，这并不鲜见。

第五章

犯罪的边界在哪里?

案件 10

> "结果,
> 逃兵才是赢家。"

30多岁的男性当事人,大学毕业后他入职大型人寿保险公司,
但在父母双双罹患阿尔茨海默病后,无奈选择离职

　　照护相当耗心劳力,会令人感到痛苦。但无论多么痛苦,照护者总不至于要杀死家人。

　　在和照护杀人案的当事人直接对话之前,采访团队所有人都是这么想的。

　　我们还因此提出假设:

　　"也许研究已经发生的案件,就能找到防止悲剧发生的方法。"

　　探究犯罪者和没有越过法律底线者的具体情况,摸清二者之间的那条"边界",大概能获得一些防止照护杀人再度发生的启示吧。如果能在节目的最后把这样的启示告诉大家,应该能对身

处照护辛劳中的观众有所帮助。

于是，我们将目光投向了回收的调查问卷（本书各个章节都引用了这次问卷调查的内容）。

起初我们认为，对有照护经验的人进行问卷调查就能得到启示。然而逐一细读问卷后，却发现字里行间满是"我也可能成为照护杀人犯"的悲呼。

> "辱骂、暴力、妄想，还要掐我脖子、打我……我每天想的都是'要么是我死，要么是他死'。我们家没有发生照护杀人案，真是个奇迹。"
>
> （40多岁的女性，正在照护患阿尔茨海默病的父亲）

> "我母亲开始在深夜喊叫之后，我曾想过她死了，我就解放了，曾经把枕头闷到她脸上过。"
>
> （63岁的女性，正在照护患阿尔茨海默病的母亲）

> "在两年半的时间里，有五六次她骑在我身上扇我耳光。"
>
> （69岁的男性，正在照护患阿尔茨海默病的母亲）

我们在调查问卷中设置了有关"是否想对自己的照护对象动手""是否想和照护对象一起去死"的问题，结果有24%的受访者选择了"是"或是"有时是"，也就是说，实际上有1/4的受访者曾经动过这样的念头。

这个数据远远超过我们的预想。当然，这种"想"的程度，是因人而异的。有些人只是脑海中偶尔闪现一下，但也有人会每天想很多次。

不过，竟然有很多人觉得自己离杀人犯只有一步之遥，这个事实还是让我们深感震惊。我们读的调查问卷越多，越搞不清楚：横亘在犯罪者和未犯罪者之间的"边界"，究竟在哪里呢？

于是我们大幅调整了采访的方针。我们的目标不再是轻率地找个流于表面的解决方案，而是希望传达当下正担负照护责任的人们的经验与感受，让社会了解照护工作。我们相信，这是更有必要的。

采访团队联系了寄回问卷的人，开始直接对他们进行采访。

最初的受访者是一位39岁的中年男性。他在问卷的自由表述部分这样写道：

"我给朋友打电话时，哭着说'真希望我的母亲死了'。我对日本的照护制度已经不抱任何希望了。"

此外，关于照护过程中所产生的负面情绪的几道问题："我曾想过要伤害我正在照护的人。""我想和我的照护对象一起死去。""为了从照护中解脱，我想死。"他全部回答了"是"。

这位受访者才39岁，正值壮年的他过着怎样的照护生活？

记者去了埼玉县，到他家里进行了采访。这名男性当事人与77岁的母亲相依为命。母亲是5年前确诊阿尔茨海默病的。

上门拜访时，他的母亲给记者端了茶，通过简短的交谈，我们感觉她的痴呆症状并不怎么严重。而此时，当事人不知为何正在修马桶。

"我要做的照护工作，就是跟在她后面'擦屁股'。因为我妈总是不冲马桶，所以马桶里的脏东西就把管道堵了。想找人来修，人家报价20万日元。"

本来他是和父母一起住在这儿的，不过父亲不久前去世了。他父亲也是阿尔茨海默病患者，一直以来都是他自己一个人照顾二老。虽然还有个姐姐，但她嫁人之后就不回来了，完全没有参与照护。

"结果，逃兵才是赢家。"

屋子里到处都有苍蝇在盘旋，因为母亲会把垃圾囤在家里。

她还老是到附近的超市偷厕纸，只要一警告她，就一定会吵起来。

收拾残局、发生口角、最后被母亲谩骂——他的每一天都在同样的噩梦中循环。

"再这样下去，我都快杀了我妈了。"

他也认真想过动手的事儿，不止一两次。但他并不想变成杀人犯。3个月前，他离家出走了。他为了照护母亲辞了职，家里的经济状况也不容乐观，但他还是特意另外租了一间公寓。他觉得，和母亲住在一起会把自己也拖垮。

当事人在我们登门采访的3天前刚回到家。他无法对母亲置之不理，于是又开始了忙于照护的日子。

如果不是要照护家人，他的人生将会截然不同。

因照护而失去的人生

当事人是东京都内一所日本国立大学的毕业生，毕业后进了一家大型人寿保险公司。

然而，就在刚过而立之年的时候，他注意到父母有些不对劲——他们总是不扔垃圾，家里突然间变得一团糟。到市政府咨询过后，他带父母去医院检查，结果二老都被诊断为阿尔茨海默病。不过，他们都是轻度患者，两人都是照护1级。照护1级能够使用的服务较为有限，每周只有3天能去日托机构。于是其他时间照护的担子就压在了他身上。

父亲总是会反复问他同一件事，比如今天是几号或是关于日托服务的事。母亲的症状则一直不稳定，身体不适时只能住院治疗，还需要住单间。每个月的住院费就得花上30万日元。

渐渐地，他的工作也开始受影响。每次父母身体出问题，他都要提前下班送他们去医院。所以他在平日和双休日都没法接受公司安排的加班。

"你真的是在照护家里人吗？该不会是拿这个当借口在家休息吧？"上司完全不体谅他，同事们也都冷眼相看。

他受不了公司的人对他的不理解，没法再去上班，最后辞职了。

他是妈妈37岁才生的老来子，从小就被身边的人取笑妈妈年纪大。高中的时候他就承担了很多家务，因为父母身体不好，总要住院。

而现在，他39岁，还没有结婚，孤身一人。

是因为需要照护父母才没法结婚，还是因为没结婚才被强加了照护责任呢？

"我自己也说不清楚。"他说。

虽然电视台的阿尔茨海默病专题节目告诉人们要"充分和社区联系"，但当事人和自己所在的社区毫无联系。

就算电视上反复说要"理解阿尔茨海默病的症状"，但理解也并不能让照护的负担减轻分毫。

他继续诉说着，言辞中充满了消极情绪。

就在前一天半夜，他差点儿"要越过那条线了"。

"我和我妈吵架了，我说'你最好去死吧，我真想杀了你'。"

当时他母亲也火冒三丈，拿出安眠药来跟他说："那我吃这个去死好吧！"

"我被她的话惊得一激灵，赶紧说，刚刚的话你可别当真，千万别寻死啊。可她还是不断地重复说着'你刚才让我去死'，差点儿真的就吃药自杀了。"

在如此糟糕的情况下，他克制住了自己。个中原因是什么？我们是不是可以从中获得一些预防照护杀人的启示呢？

记者反复询问他，而他的回答却出人意料。

"为什么克制住了自己……我可不想因为这种事变成罪犯

啊,毕竟我自己才是最重要的。仅此而已。"

他回绝了我们用专业摄像机进行拍摄的请求,说不想让自己和母亲大吵的样子被播出,自己也没有心思上电视。

他疲惫地说着这些,我们也无法再提出进一步的请求了。

案件 11

"我觉得照护母亲之前的
那个我已经死了。"

50多岁的男性当事人。母亲身患阿尔茨海默病后，
他失去了婚姻和工作。他管自己叫"照护机器人"

我们采访的下一位当事人名叫长谷川隆志，他在节目中没有匿名，也同意露脸。接受采访时，长谷川先生 51 岁，照护患有阿尔茨海默病的母亲已经 11 年了。

他回复问卷时这样写道：

"我对这样没完没了的情况感到绝望。越是思考自己的未来，就越是灰心丧气，开始考虑和母亲共同自杀，或是自己去死。"

记者通过问卷上填写的手机号码联系到了长谷川先生，他接电话的语气非常礼貌。我们问他是否愿意面谈，他表示同意，还特意去家附近的咖啡馆订了个包厢。

5 月下旬的一天，下午时分，采访团队在咖啡馆里见到了长

第五章 犯罪的边界在哪里？ | 139

谷川先生。

他身穿蓝色 Polo 衫和棉质长裤,对于 50 多岁的人来说,这身打扮显得颇为年轻。长谷川先生非常详尽地跟我们诉说了他至今为止的经历。

"我照护了母亲 10 多年,已经和社会脱节了……也很久没和人交流过,要是有什么话说得不合适,先给你们赔个不是。"

"因为照护,妻子和我离婚了"

在专心照护母亲之前,长谷川先生曾在房地产公司做公寓销售。公司并不大,但销售工作是很充实的。

"那时还会去小酒馆,跟异性逗逗闷子什么的,回想起来那是我人生最快乐的时期了。"

婚后,他和妻子的关系也很融洽。

长谷川先生的母亲早年守寡,独自生活。他在 38 岁时发现了母亲的异样,她变得非常健忘。因为担心母亲忘记关火发生危险,作为独生子,他觉得不能让母亲再独居下去,决定把母亲接过来和他们两口子一起住。不过他那时工作繁忙,所以照护任务完全交给了妻子。他妻子也是上班族,感到负担越来越重。

母亲总会拉着他妻子一遍又一遍地重复说着一模一样的事。妻子渐渐感到疲惫不堪。

"她求救过好几次,我却视而不见,借口自己工作忙,明明注意到了她的困境却没帮她。"

和母亲同住两年后,妻子向他提出了离婚。

妻子没有明确说过离婚的理由,但长谷川先生很后悔自己把照顾老人的负担强加给了妻子。

"我变成了照护机器人"

长谷川先生不得不单枪匹马开始了对母亲的照护。

他辞去了工作,集中精力照顾母亲。辞职的原因既不是不得不照护母亲而无奈离职,也不是因为无法兼顾工作而感到苦恼,他就这么十分草率地辞了职,事后自己也很后悔。

"我对阿尔茨海默病完全没有了解。回想起来,当时的想法太天真了。我以为她这个病是能通过我的努力照护治好的。"

一开始长谷川先生以为,只要促进大脑的活动,阿尔茨海默病就能治愈。他给母亲买了涂色画,让她学用手机……任何他能想到的事情都让她试过了。

但母亲的病情在不断恶化。不仅如此,他与无法正确理解自己患病事实的母亲之间还一直摩擦不断。

"现在想想,我觉得可能是因为当时对待妈妈的态度就像对待小孩一样,伤了她的自尊心。"

他也不太了解长期照护保险制度,深信什么事都应该由身为儿子的自己来做,也没有想过到政府机关去咨询。

某天，母亲到银行取了 20 万日元，那是他们一个月的生活费。结果，她把钱包丢了。因为长谷川先生已经没了工作，母亲的养老金是他们唯一的经济来源。他脸色惨白，慌慌张张地出去找钱包。最后，虽然费了九牛二虎之力找着了钱包，里头的钞票却都不见了。

"钱包里有她的保险证明，所以捡到的人肯定知道丢东西的是个老太太。但那人还是把钱都拿走了。这种人性之恶，让我感到无奈。"

麻烦接踵而至。

当时，他的母亲还能骑自行车，但回家时常常把车给忘在外面，每次都是长谷川先生出去找车。他责怪母亲的次数越来越多，母子关系越来越差。他仿佛生活在没有任何人可以依靠、毫无出路的世界。

他也曾经有过向人求助的机会。

当时，有位民生委员偶然造访了他们家。长谷川先生那时候已经精疲力竭，却没能主动开口。

"民生委员和我打了个照面，说了句'不好意思打扰了'就离开了。大概是觉得这个家里有儿子在照应，或者是因为我们家有两个人住在一起，所以他们认为不会有问题。但我其实已经撑不住了。不过就算我撑不住了，光是打个照面，也没法立刻就知道。"

回想起来，那是他最受折磨的时期。

"我不知道该怎么办，一直在挣扎。本来以为能回到原来的生活状态，实际上根本回不去，也找不到生活的指望。最痛苦的时候，我什么事都做不了。那个时候就算给我发了调查问卷我也不会回答的，当时的精神状态根本接受不了采访。"

长谷川先生陷入死胡同的照护生活，以一种意外的方式遇到了转机。

母亲突发脑梗死被送进医院，接诊的医师惊讶地发现他们并未使用照护服务，于是劝他们到有关部门做个照护级别认定。接着，母亲被认定为照护2级，每周有3个白天可以送去日托服务机构。母亲开始使用照护服务后，长谷川肩上的担子减轻了，心境也慢慢变得稍微从容起来。

他有了更多时间来冷静地思考如何生活，于是搬到了郊区的公租房，那儿的房租比较便宜，租金的压力减半了。原本紧紧巴巴的日子一点点地好了起来，不过，生活状态还是无法恢复如前。

他考虑过利用母亲去日托服务机构的这段时间来学习，考个照护资格证。但如果去读照护学校，就没法在母亲日托服务结束的时候回到家里，最后他不得不打消了这个念头。他说，自己也曾找过负责照护支持的工作人员商量再就业的事儿，但对方的态度不怎么积极。

"这倒也很正常，毕竟他们的工作不是帮我找工作。"

长谷川先生说，他现在是扼杀了自己的情绪在过日子。

"我觉得照护母亲之前的那个我已经死了。"

刚开始照护的时候,他还在拼命挣扎,想要回到以前的生活,折腾得精疲力竭。如今,他意识到再也回不去了,于是扼杀了自己的情绪,尽量让自己什么也别多想。"我变成了照护机器人。"只要这么想着,就能接受目前的生活。

我们在咖啡馆里聊了两个半小时,直到太阳西沉,长谷川先生依然滔滔不绝。

我们希望能在电视上播出他的讲述,不过,试探着提出对他进行拍摄采访时,却被断然拒绝了。

"我这点儿收入,都没交什么税,怎么有资格在电视上高谈阔论呢。而且我的老同学也会看到的,我不想让他们知道我现在过得这么惨。"

我们非常理解他的想法。告别时,长谷川先生郑重地低下头说:"抱歉,让你们听我倾诉。"那副模样让我们相当难忘。

不过,我们还是没有放弃对长谷川先生做拍摄采访,又给他发了封邮件,再次试探他的意向。

他的回信很慎重:"非常感谢各位昨天大老远赶来,在百忙之中拨冗听我这离群索居之人胡言乱语。请再给我一点儿时间。"

他提到过不想让老同学知道自己过得很不好,但也曾自暴自弃地说过,自己反正等于被世界抛弃了,接受采访也无妨。

采访团队此后给他打了很多次电话,他终于答应接受拍摄采访。

"最痛苦的时候，我什么事都做不了。"

我险些抛弃了妈妈

采访定在 2016 年 6 月某日，长谷川先生的母亲去日托服务机构时进行。

因为她始终无法意识到自己得了阿尔茨海默病，所以不能当着她的面采访。

长谷川家位于国营的大型集体住宅区，房龄大概 50 年，是一套一室一厅的房子。客餐厅兼作母亲的卧室，她的床就摆在角落里。在这间他日复一日忙于照护的屋子里，我们的采访开始了。

"最痛苦的是失去了自由，感觉就像是戴着手铐和脚镣在蹲大牢。真是让人受不了啊。"

在采访中，长谷川先生跟我们说了一件他至今难以向任何人启齿的事。

5 年前，母亲突发脑梗死昏倒了。当时，看着蜷缩在走廊上的母亲，长谷川犹豫着要不要叫救护车。

"我当时傻站在那儿。可能潜意识里觉得，要是不叫车，我妈妈就这样走了，照护就能结束了，我也就终于能解放了。"

起初，我们认为在犯下照护杀人罪和没有犯罪的人之间，一定会有很清晰的边界。但随着采访的深入，我们越来越无法确定这条边界的位置。

最终我们发现，明确的边界并不存在。很多案件的当事人也是犯了罪之后才意识到，自己已经被逼到了那个地步。

采访长达一个半小时。直到最后阶段,我们还在纠结到底该不该问长谷川先生这个问题——

"您怎么看照护杀人案?"

即使生活状况已经跌入谷底,长谷川先生也还是拼命维持着对母亲的照护。他会如何看待那些已经"越界"的杀人犯呢?

可是,他现在还在照护之中苦不堪言,问他这个问题合适吗?我们犹豫着,而采访就快结束了。这时,一直沉默地从取景器里看着采访情形的摄影师,出其不意地提问道:

"对于那些照护杀人犯,您想说什么吗?"

长谷川先生默不作声。我们等待着。10秒过去了、20秒过去了……

最后他终于开了口:"我想说,'啊,照护终于结束了,你辛苦了'。说'辛苦了'可能很不礼貌,说'太好了'也不妥,只能说'结束了'。他们在犯下罪行之后必须得赎罪,可能要坐牢。不过我首先想对他们说的就是,'啊,你的照护生活结束了'。"

这是从深渊之中发出的声音,只有饱尝照护艰辛的人才说得出来。

旧友重逢

特别节目播出后的第二天,NHK接到了长谷川先生的高中同学打来的电话。

这位同学说，自己联系不上长谷川先生，很担心他，也想帮他一把。

他就在长谷川家附近的一家特殊养老院当院长。

我们打给长谷川先生，他表示这位院长正是他以前的好朋友。更令人吃惊的是，他其实早就知道自己的昔日好友是那家特殊养老院的院长，甚至曾经去过那儿想求助，可怎么也没能迈进那扇门。

"我一把年纪了，也没工作，朋友却在很高的职位上，备受尊敬。也许是男人无聊的自尊心吧，我不想让他看到我过得很悲惨，所以还是不好意思去找他。"

而这次，长谷川先生同意用真名接受采访，也不对脸部做遮挡处理。或许他是想让昔日的朋友听见自己当年没能说出口的求救吧。

后来，长谷川先生给采访团队发了一封简短的电子邮件，告诉我们，他决定和老同学聚一聚。

同学聚会前，长谷川先生到NHK来看剪好的节目。因为母亲对自己的病情没有认知，所以他不能在家里看，怕母亲也看到。

长谷川先生从前不希望别人看到自己的悲惨生活，甚至无法迈出简单的一步——去找从前的好友。那么，看到自己的样子在日本全国电视台播出时，他又会做何感想呢？他会不会后悔，觉得还不如拒绝采访?

节目总时长是49分钟,长谷川先生一言不发地盯着屏幕,我们团队的人屏住呼吸,观察着他的反应。

"谢谢你们,为我们这些照护者带来了一线光明。"

看完节目后,这是他最先说的话。我们松了一口气。然后,若无其事地对他说:"真是太好了,您的朋友打来电话联系您了。"

他的情绪突然波动起来,结结巴巴地说:

"我一直……很想……见见他……可是……怎么也……做不到。"

长久以来忍受着孤独生活的长谷川先生,第一次在我们面前流下了眼泪。

第二天,长谷川先生发来了电子邮件,跟我们诉说了自己的心情。虽然已经约好了和同学见面,但他的内心仍然摇摆不定。

"我怕自己会崩溃。一旦打开闸门,压抑了这么多年的情感会排山倒海而来。为了让照护生活稳定,我抑制着自己的情感和思绪,总是不带情绪地应对任何事。但是一旦见到老同学,我害怕自己会渴望摆脱'照护机器人'的角色,重新成为普通人。"

在那之后,长谷川先生跟自己的老同学重聚了,有5位同学调整了自己的日程,来参加了聚会。影视剧里的重逢总是令人感动落泪,可这次会面却并非如此,大家都表现得很拘谨,聊天也磕磕巴巴的。为了不让气氛变得沉重,大家特意避开了照护话题，一直在聊一些无关紧要的事。

但对于长谷川来说，能见到同学们就已经足够了。比起聊了些什么，他更高兴的是，朋友们为他请了假，开了几小时的车来赴约。他语气坚决地表示，希望能在今后一点点地弥合十几年来和朋友们失联造成的隔阂。

与第一次见面时相比，他变化很大。那时候他把自己说成"机器人"，而现在完全不一样了。照护者不可能是没有感情的机器人。希望长谷川先生能从和朋友的重聚中得到一些力量。

真正饱受照护之苦的人，会躲在家里，绝不将自己暴露在阳光下。因此，援助之手很难触及他们。

在节目中，我们以这句话为长谷川先生的部分收尾：

"我们的社会没有充分关注照护者。然而，今天他们也在拼命照护着家人。"

我们希望，看过书的读者能和自己周围的照护者说说话，哪怕多一个人也好，哪怕只是给他们打个电话也好。虽然目前很难找到根本性的解决方法，但仍有人会被这一句话、一个电话所拯救。

也是怀着这样的心愿，我们播出了这期节目。

第六章

我们是否能防患于未然？

"生命之杖"

"我们要怎么做才能防止照护杀人悲剧的发生？"

答案并非轻而易举就能找到，否则照护杀人的问题就迎刃而解了。不过在采访中，我们确实找到了一个案例，它给了我们一些启示。

那是在金秋九月，清新的风吹拂着大地。采访团队在北海道的门户——新千岁机场落地，前往栗山町。

栗山町距新千岁机场有45分钟车程，拥有1.2万多人口。前往目的地的道路两侧是连绵的广阔农田，我们目中所见尽是北海道的特有景色。

为什么我们要到这座小城去呢？在采访专家时，我们听说这个地区非常重视"照护者"，推出了许多以"照护者"为中心的政策。即使在日本全国范围内，这也是极为罕见的。

我们来到位于城区中心的栗山町社会福利协会，接待我们的是时任协会秘书长的吉田义人先生。他的笑容和说话方式让我们如沐春风，印象深刻。

"我们正在努力做的事，是为在家里或者其他地方无偿照护家人的'照护者'提供援助。除了接受照护的人，我们也应当密切关注'照护者'，这样一来，需要接受照护的人所受到的护理也会更有保障。"

吉田先生强调，与照护者面对面交流是非常重要的。接着他邀请我们到援助一线看一看。

栗山町社会福利协会推出了独特的"居家照护志愿者"制度，这些志愿者会走访各家各户。负责定期志愿服务的工作人员是田村沙织和增田智子。

"您好！我们是社会福利协会的田村和增田。今天是来向各位发放文件的。"

志愿者走访时会带着"生命之杖"，那是一个长约 20 厘米的塑料圆筒，里面装了一张纸。人们可以在纸上填写自己的姓名、住址、出生日期、常去的医院，还有患有哪些疾病、常用药的名称以及紧急联系人等信息。在居委会和民生委员的协助下，"生命之杖"被分发给有需要的家庭。居家照护志愿者会到各家进行说明：

"在生命之杖里写下您的疾病情况、吃什么药、紧急联系人的联络方式，然后放在冰箱里。万一您病倒了，急救队员或者其他来帮您的人看到信息就能采取相应行动。请您 定要用起来。"

居家照护志愿者们挨家挨户地走访，与每家人打招呼。

发放"生命之杖"，实际上也是找个由头和居民对话。首先，需要尽早识别出需要帮助的照护者，他们难以被外界察觉，所以有可能会被忽视。并未使用长期照护保险服务的家庭不在少数，有时候很难知道哪些家庭中正有人在照护亲属。

其次,以"生命之杖"作为契机,能够了解人们的烦恼和健康情况。吉田先生说:"照护者很容易处于孤独无助的境地。他们被日常照护工作压得抬不起头,心力交瘁,也没法跟人倾诉。'生命之杖'就是触达千家万户的工具。当然,我们很难强行介入人们的家庭,但还是希望尽量掌握情况,知道照护者在哪里,了解他们的困境。"

深陷困境的照护者

吉田先生牵头采取这些措施的原因是什么呢? 2010 年,栗山町内以照护者为对象进行了一次问卷调查。吉田先生接着上面的话头继续说下去:"我们从没想过竟有这么多照护者陷入了走投无路的困境,完全超乎我们的想象。如果放任不管的话,会出大事的。"

那次问卷调查得到了如下这些结果:

第一,栗山町约 15% 的家庭中有照护者。

第二,询问照护者的健康状况时,回答问卷的 574 人中,有 46.9% 的人表示自己"感到身体不适"。关于是否到医疗机构就诊过的问题,有 12.3% 的人回答"没有",另外有 3.7% 的人表示"想去看病但去不成"。

第三,26% 的人觉得自己出现了心理问题。

第四,"因为照护而感觉自己孤立无援"的人占 18.5%,也就是大概每 5 人中就有 1 人有这样的感受。

吉田先生和他的同事们发挥了极强的执行力,这次问卷调查完成 2 个月后就推行了"生命之杖"这一措施。之所以能够立即想出对策,是因为吉田先生过去积累了丰富的工作经验。他曾经是栗山町的行政管理人员,是第一任老年人福利科的主管,致力于将栗山町建设成为"福利之城"。

他预想到居家照护时代即将到来,因此将工作重点放在完善居家照护服务上。另外,为了改变居民观念,他还推动了福利信息杂志《栗山快讯》的发行。该杂志主要对老年人和残障人士的真实故事进行实名制报道,原原本本地呈现了他们的生活状态,从而让居民对福利政策产生更多不一样的认知。

"请救救我"

在这次揭示严峻现实情况的调查中,有一位老人的情况让吉田先生他们意识到,必须全力以赴投入支持照护者的工作。

那一天,吉田先生正要去这位老人家里拜访,我们跟随同行。

"早上好,我是社会福利协会的吉田。您最近情况怎么样?"

这位老人是 80 岁的传庄干弘先生。直到 4 年前,他还在照护身患癌症的老伴儿博子(享年 75 岁)。

"有一天，她说自己的手和手腕很疼。我虽然有点儿担心，但觉得这不是什么大毛病，就带她去了医院。结果发现她的骨头已经被癌细胞侵蚀了。做了全身检查以后，才发现她得了肺癌。我当时眼前一片漆黑。"

博子女士被诊断出癌症的时候，癌细胞已经转移到肾上腺和全身的其他器官。她住进了札幌的医院，接受抗癌治疗。那之后，传庄先生得开将近两小时的车去探望她。

化疗结束后，老伴儿出院了。传庄先生说，医生告诉他，博子女士只能再活六个月到一年。他决定不再接受照护服务，希望靠自己的力量照护为家庭操劳一辈子的老伴儿。

于是，他孤身一人的照护生活开始了。

可是，照护远比他想的要辛苦，其中最难的就是帮助老伴儿解手。不仅是传庄先生，我们节目采访的很多照护者都对这方面的辛劳深有体会。

"她夜里说想上厕所，我就去帮她，可她却尿不出来。2月天气还很冷，所以我给她开了取暖器。我睡不了觉，得在她旁边守着，差不多等了两小时，她还是没能尿出来。回去睡的时候呢，毕竟还是感觉难受，所以她又说要去一趟厕所。然后还是没上出来。整晚整晚这么反复，我夜里基本上没法睡觉。那时候我觉得一天实在是好长好长。"

好不容易天亮了，但他完全没得到休息。可是老伴儿又出现了排便问题。因为没法自己顺畅排便，得去医院做灌肠治疗。每个月总有六七天是这样的。

从医院回到家里，传庄先生还得洗菜做饭。从前家务活一直都是妻子打理的，而她病倒后，淘米、洗碗、洗衣服都得他自己来干。

照护工作几乎是 24 小时全天无休。

"那时候我简直活在地狱里，身体受不了，精神也撑不住了，非常痛苦。可是我没法对老年人俱乐部里的熟人说这些。我还有'自尊心'，我怕街坊们可怜我，不想让别人知道我的情况。"

由于照护老伴儿都力不从心，传庄先生也没时间去医院看自己的病。他有高血压，需要长期服药。但有时顾不上去开药，只能拿老伴儿的药来吃。

自己就有慢性病，还得照护老伴儿，传庄先生觉得自己快到极限了。那时，吉田先生在走访中偶然到了他们家。一开始，老人并未立刻告诉吉田自己的窘境。

但后来，他突然哭了起来。

"大概是我到他们家两小时后吧。那时候我说，'实在是打扰您了，我也学到了不少东西。您有什么事的话，尽管和我说。那我差不多要告辞了'。他支支吾吾地说着'那个，呃，嗯……'然后突然喊出声来，'那个，请救救我'。他泪流满面，让我救他。"

传庄先生说：

"我当时没能马上求救……但后来还是把积压已久的苦恼一股脑儿说了出来。有人能听我说说话，我就已经很开心了。在那之前，我连能说话的人都没有，都要精神崩溃了，真是一点儿办法都没有了。照护真的会让人感到非常孤独。"

吉田先生与同事们立刻行动起来，他们联系了政府部门，开始让传庄先生的老伴儿使用照护服务，照护人员每周上门3天。后来，老人的心理状态稳定下来，一直坚持照护老伴儿走完了人生最后一段路。老人从牙缝里挤出的那一声求救，让他得到了援助。

"要不然，我和老伴儿可能就一起走了。真的太感谢了。毕竟我这种心情是找不到地方诉说的。实在是非常感谢。"

"社区服务外展，拯救照护者"

吉田先生和社会福利委员会的同事们为照护者提供了多样化的支援活动。他们在日本全国首创了为照护者提供帮助的《照护者手册》，封面上有这样的文字："您和您照护的人同样重要。"

手册里设计了用于记录照护者本人健康情况的页面，另外，诸如"想找人商量和照护相关的事""做饭遇到了困难""独自去医院很不方便"等和照护相关的烦恼，都提供了对应的求助热线，并汇总在一览表里。

此外，他们还开设了"照护者咖啡馆"，让照护者能获得片刻放松。照护者可以将咖啡馆当作"聚会场所"，彼此倾诉烦恼、缓解压力，也可以在这里开展一些兴趣小组活动。

吉田先生和同事们想出了这些措施，并且逐一实施。不过他说,这些举措吸引到的多半是还有时间来咖啡馆或是从家里出来散心的人,他们本来就是心理状态较为从容的那部分人。

所以现在他们还在积极开展"照护者评估"工作。这是一种评估机制,即让居家照护志愿者详细了解照护者的身心状况,并给予评分。通过推广"生命之杖",他们也能掌握居家照护者的健康情况。

评估内容超过15项,采用五分制进行打分,包括"休息和睡眠是否正常""身心状态能否得到恢复"等。此外,还有关于照护者家属情况的问题,比如"有没有家人能帮忙做家务、打扫卫生、买东西";还有旨在了解照护状态的问题,例如"对现在使用的照护服务是否满意"等。

居家照护志愿者总是两两结伴到照护者家中拜访并进行评估。"他们的回答是真心话吗?""他们的表情如何?"志愿者们不会走过场,而是仔细观察,不放过照护者表现出的每个细节。

基于收集到的信息,他们会召开"评估会议",居家照护志愿者和政府相关部门负责人、照护支持专员都要列席。各方共享照护者的信息,在必要的时候迅速提供援助。

社会福利协会的上岛宣和先生说:

"照护者遇到的困难,包括在对话中不经意透露的一些情况,我们都能注意到。当然,政府机关也能进入社区,不过他们做事会受到一定的限制。而我们有一定程度上的自由度,可以更深入地关注。我们希望站在普通市民的角度,或者说更贴近他们的视角,关注照护者的困境,把这些问题拿到会议上讨论,并为他们提供支持。"

栗山町采取的方式俗称"外展",就是"伸出援手"的意思。由支援方采取积极行动,向不主动求援的人提供援助。

而日本政府采取的是"申请机制",也就是说,如果需要帮助的人自己不主动申请,就很难得到政府的支援。

吉田先生说:"如果我们去他们家里拜访,他们往往会吐露相当多的难处。即使像我们现在所做的这样,只是上门打个招呼,和他们聊聊天,也能带来很大的改变。我觉得用置身事外的态度来对待他们是绝对不可取的,我们不应该坐等他们求助。"

吉田先生另外还强调了一个重点,那就是"第三方"支持的重要性。

"我在第一线总有这样的体会,那就是单靠家里人来解决一个家庭的照护问题并不容易。照护涉及很多复杂的情绪,而亲人之间的问题更不容易找到简单的解决办法。所以需要第三方从外部帮助他们。很多人都有一种顽固的想法,那就是不管怎样,都要靠家里人一起解决问题,但只要我们反复和他们沟通,还是能让他们明白,社会可以帮助他们。我认为,由第三方来点明症结所在,之后大家共同思考对策,这比什么都重要。"

发现"照护抑郁"

并不是所有地区都能像栗山町一样采取积极的应对措施,有些人也许无法主动向政府部门请求帮助。我们从一项研究中了解到另一个关键视角，有可能使处于上述情况的照护者避免陷入艰难处境。

日本国立长寿医疗研究中心的长寿政策科学研究部部长荒井由美子接受了我们的采访，多年来，她一直从事关于"照护者负担"的一线研究工作。

"我有个心愿，希望能缓解照护者的抑郁症状，因此一直在进行研究。"

本节目所调查的照护杀人案中，不少案件的分析者认为照护者表现出了抑郁症状。我们认为有必要进一步了解抑郁症状，这可能是解决照护杀人现象的方式之一。

2012年，荒井部长和富山市政府共同进行了一次大规模问卷调查，调查对象是5938名居家照护者，最终回收了4128份问卷。接受调查的照护者中，有34%处于"抑郁状态"，即每3人中就有1人存在抑郁的问题。

这表明照护抑郁是一个亟待解决的问题。

本节目通过对照护杀人案情的分析，还得出了以下结论：第一，很多杀人案发生在照护初期阶段；第二，即使是在使用照护服务的情况下，照护杀人案仍不鲜见。关于这两点，荒井部长指出：

> 有这样一种看法：在照护刚开始不久时，生活翻天覆地

的变化导致照护者无法承受，进而有可能导致杀人行为。对照护者来说，有可能因为自己尚未做好各方面的准备、缺乏照护相关知识，或是没有为未来做好充分规划，最后被逼得走投无路。在这种情况下，我们提供援助时需要考虑他们的心理状态，尽力减轻他们的焦虑。

即使为他们提供了长期照护保险服务，也要考虑服务的"质"和"量"是否能真实地解决他们的问题。对于只靠养老金生活的人来说，照护服务有很大一部分需要自费，所以有很多人会避免或减少使用。或者说，实际上他们有这个需求，但用不起，或是有某些原因导致无法使用。我想，就算一个家庭使用了照护服务，我们也必须得注意服务到底有没有满足他们的需要。如果在建立照护服务机制的时候就把照护者的需求考虑进去，可能有助于减轻照护负担。

此外，荒井部长也指出，在对照护者提供支持时，"第三方视角"很重要。

照护家人的过程需要第三方的视角。当然有人会觉得由自己照护家人天经地义，但也会有人因此深感痛苦。不同的家庭人际关系是不一样的，有时候选择让家人以外的人来照护会更好。我认为在做出这样的决定时，不要只在家庭内部烦恼，有第三方视角的帮助很重要。

栗山町的吉田先生也提及了"第三方视角"。我们深深体会到，这是今后照护者支援工作中不可或缺的关键词。

"让照护者彼此倒苦水"

有很多次，我们在采访过程中产生了这样的想法：只要能稍微让照护者把内心的想法宣泄出来，或许就能防止他们成为照护杀人犯。

我们在熊本县采访了 81 岁的井上辉明老人，他 90 岁的老伴儿富子身患阿尔茨海默病。井上先生照护了老伴儿 10 年以上，他告诉我们，自己曾经因为实在太辛苦，在老伴儿熟睡时差点儿掐死她。

"我那时候想着，不管了，实在是坚持不下去了。干脆两个人一起死了算了。"

正当井上先生陷入绝望时，一位熟人邀请他参加聚会，把他从绝望的深渊中拉了出来。他被邀请参加的就是熊本县举办的"男性照护者集会"。在这里，照护者可以彼此倾诉照护的烦恼，发发牢骚。我们前去采访这天的交流主题是"日常照护"。

"您太太的吞咽情况还好吗？"

"很好。不过呢，她有时候会把食物囤在嘴里不咽下去，这可真让人头疼。"

他们聊的可能都是琐碎的小事，但正因为经历相似，又同为男性,才更容易说出口。井上先生说,他也是在这里才头一次说出了心里话。

"自己一个人待着的时候,满脑子消极情绪。但在这里和人说一说,想法真的就变了。要不是来了这里,我想我应该已经杀了老伴儿了。"

如今,日本全国出现了越来越多这种照护者聚会场所。尤其对于男性来说,因为他们更倾向于把烦恼压在心里不跟人说,所以有个让他们表达自己感受的地方十分重要。的确,也许他们一时无法把苦恼和盘托出,但这种场所的存在也能让人意识到,在照护家人的战场上,他们不是在独自奋战。他们会发现,自己绝不孤单。通过和人交谈,也许能暂时放下压在心上的石头。不仅如此,有了这么一个彼此沟通的地方,照护者能了解更多关于照护与现有系统和服务的信息,这也有可能帮助大家减轻照护负担。

立命馆大学的斋藤真绪教授正在调查男性照护的实际情况,并对他们提供援助。她了解过很多被逼入绝境的男性照护者的情况:

> 在成长过程中,受因于学校和职场中传统价值观的男性照护者相当多。他们不愿示弱,觉得不能依赖别人。但照护是个很艰难的过程,有很多在做照护工作的人,对结果的期望值很高,但是衰老在某种程度上来说是条下坡路。换言之,照护这条路的终点,是某人的人生尽头。所以,再怎么

像在职场上那样努力，也未必能见到成效，获得成就感。我认为这就是家人照护的困难所在。

也正因如此，才更需要男性之间交流倾诉的场所。

　　日本男性通常以职位和头衔来定义自己，能跟人很好地沟通分工和职责等话题。可是一旦失去了这个语境，他们中有很大一部分都不擅长谈论自己。要跟别人说明自己的情况，他们就不知道说什么好了。不过面对有着相似经历的同性，会比较容易开口。不擅长做家务的男性也很多，因此，让男性照护者能够有个聚会的地方很有必要。在那种环境下，他们会比较能袒露自己在这些方面的不足之处。

日本全国各地都有人正在做类似这样的努力。

　　协助我们进行问卷调查的"阿拉丁"，通过座谈会和问卷调查了解了照护者的心声后，现在正致力于让政策与制度匹配这些需求。

　　目前正在推进的构想是在日本全国范围内开设"照护者咨询站"，站内会有"照护者导师"常驻，照护者可以咨询就业之类的问题。为了方便照护者，他们希望照护者咨询站的地址选在每个城市的车站附近或是便利店。

　　"阿拉丁"的负责人牧野史子指出，现有的照护制度是以被照护的对象为中心的，根本没有为照护者着想："照护者不仅仅需要和人商量与照护相关的问题，他们在就业、结婚等方面都很需要帮助。"

其中，照护父母的"子女世代"最需要支持。

照护配偶的成年人，大部分都已经退休了，子女也已长大成人。

照护父母的子女因为照护而失去自己人生的情况非常多见。如本书的"案件11"中，照护身患阿尔茨海默病母亲的长谷川先生。像他那样虽然曾经上过班，但由于要照护家人辞了职的人不在少数。不上班不仅导致家庭收入减少，当事人和社会的联系也会被切断，渐渐陷入孤立无援的状态。更有甚者，由于生活被照护完全占据，连结婚生子这样的人生大事都不能如愿，放弃自己人生的照护者比比皆是。

照护者咨询站对"子女世代"来说很有必要。除了提供照护方面的支持，还能协助他们进行人生规划。

我们采访了很多照护者，他们孤独而不安地面对着照护工作，甚至无法跟亲人吐露心声。照护者咨询站与照护者的距离更近，衷心希望它能帮到那些至今仍深陷照护泥潭的人们。

照护不是个人责任，而是社会共同责任

采访的最后，我们再次询问吉田先生，为了避免照护杀人的发生，我们现在需要做些什么。

他说:"我认为,照护杀人等相关案件的症结在于照护者的心理问题。我们只有对照护者的'心病'切实关注,才有可能解决这个问题。这不是仅仅靠建立一些制度就能做到的,而是需要我们设身处地去和照护者沟通,为他们出谋划策。我觉得这不能被称为'社会服务',这种力量唯有社区才能发挥。现在,居民的思想观念逐渐转变了。也有越来越多的人联系我们,说自己的邻居有人在照护家人,挺让人担心的,希望我们多加留意。"

最后,吉田先生这样说:

"求助绝不可耻。这不是什么丢人的事,我也不觉得求助的人是软弱的。我们相信,只要我们把工作继续做下去,一定能听到人们内心的诉求,最终也能防止照护杀人案的发生。"

栗山町的举措就是例子。当然,我们不能断言仅凭这些就能解决问题。世界上总有人想要隐藏自己在照护中遇到的烦恼,也有逞强的人不愿示弱。但通过采访,我们深切地体会到,人们应该具备更强的意识——自己作为社会的一员,要对照护者提供可靠的支持。

第一步就是要让照护者的家庭成员以及与照护相关的工作者(例如照护支持专员、上门照护人员)还有医疗从业者(医生和护士等)提高敏感度,意识到"察觉"照护者异常情况的重要性。当然,不仅需要意识,还需要支持照护者的制度和机制。不过无论设计出多么完善的制度,最终还是要落实到"人"身上。

我们还体会到,"家人"可能是个魔咒。

"家人的事应该由家里人解决。"

"照护家人是理所当然的。"

"因为是家人,所以必须互相帮助。"

我们心中是不是已经被灌输了这种价值观?事实上,本书提及的案件中就有这样的例子。

是谁一直在提出这些要求呢?照护杀人难道只是个人的责任吗?不,事实并非如此。难道不是我们的社会一直在要求人们照护自己的亲属吗?这种无声的压力就像魔咒一样困住了每个人。照护杀人现象绝不该由个体来负责。

采访对象所说的话与我们在采访中看到的实际情况都在告诉我们:对待照护杀人现象,绝不能"事不关己,高高挂起"。在无数照护家人的现场,照护者在极度不安与绝望的边缘徘徊着。在我们之中,谁都有可能成为照护者,照护对象就是自己的父母、手足、配偶和孩子。日本已经进入重度老龄化社会,任何人都有可能成为加害人或受害人。当下,我们应该把照护杀人现象当作社会问题来共同面对。不要觉得它无关痛痒。这个问题迫在眉睫,我们不能逃避。

就在此时此刻,日本全国仍在持续发生照护杀人事件。我们想再问一次:像这样的社会,真的是我们想要的吗?"照护杀人"是不是永远不会发生在我们自己家?

终章

『照护杀人案』
追踪实录

为什么要追踪照护杀人案？照护杀人现象的真实情况并非三言两语能说清。在本书里，不仅记述了审判卷宗与案件相关人员的情况，在不同章节中，采访小组成员也写下了自己在采访当事人过程中的感触与思考。不过在本书完结之际，我希望能再次与读者分享采访团队始终坚持的信念与节目的诞生历程。

一切开始于一则篇幅短小的文章报道。

刊发时间是2015年7月，刚好是我们这期特别节目播出的一年前。一位曾报道照护问题的导演读到了这篇报道：

"因深爱妻子而犯罪"，93岁老翁犯受嘱托杀人罪获缓刑

"正是因为他对病重的妻子情深义重，才成了犯罪者。"2014年11月，当时83岁的被害人不堪身体疼痛，请求丈夫动手杀掉自己。被告人接受了妻子的请求，用领带勒住她的脖颈致其死亡。8日，千叶地方法院判处被告人（93岁）有期徒刑3年，缓刑5年（检方请求判处有期徒刑5年）。

（中略）

被害人因年岁增长，身体变得虚弱，无法行动自如。

2014年摔倒后一直感到身体疼痛，常有抱怨之辞。她的健康状况每况愈下，逐渐难以独立行走，因疼痛彻夜难眠。被告人自己也有轻度的阿尔茨海默病，但依然全心全意地照护妻子。他在家中安装了扶手，辅助妻子行动，还总为妻子按摩。这种忘我的付出会牺牲他的睡眠时间，但他心甘情愿。

（中略）

同年11月2日，被告人的妻子在走廊跌倒后，恳求被告杀掉她。被告人在痛苦的心理斗争后表示同意。案发当天，老夫妇躺在床上，聊着一辈子的回忆。之后他再次确认了妻子求死的意愿。下午6点10分左右，他在家中将一条领带在妻子脖子上绕了两圈，将妻子绞死。（《千叶日报》，7月8日）

读罢全文，导演心底浮现了一个大问号。

原本尽心照护妻子的丈夫为什么会杀害她？

报道称，老人尽心尽力地认真照护着老伴儿，而且重点是他深爱着老伴儿。

说起杀人案，虽然也有当事人一时冲动犯案的情况，但大部分案件的犯罪动机都是憎恨与积怨。但是，这起杀人案发生在相濡以沫、感情甚笃的老夫妻之间。犯罪动机究竟是什么，只有当事人本人知道答案。

只能直接找当事人采访了。这位老人被判处缓刑，也就是说他现在不在监狱里，而是生活在这个社会中的某个地方……

我们给案发地千叶县的分管同事打了电话。

"我们能不能采访案件当事人,做一期纪实节目?"

很巧的是,这位同事也刚刚读了同一篇报道。我们决定联合报道这个故事,并且设定了一个目标:

"做一期'贴近'案件当事人的节目。"

这是因为,我们都被判决书中的一段话震撼了:

> 毫无疑问,被告人的犯罪动机是出于(对妻子的)爱。为实际情形所迫,不得不下决心亲手杀害相伴60多年的妻子,被告人所遭受的痛苦极令人同情。鉴于本案的事实与情节,法庭认为,应当给予被告人安度晚年的机会,允许被告人在社会上继续生活,并为亡妻祈祷冥福。

法官在判决本案时充分考虑了被告的处境,与被告共情,没有判他入狱。也许是当事人的经历确实复杂到让法官无法对他下达实刑判决吧。

这份判决书不禁让我开始反思自己作为导演和记者的日常工作。

在新闻中,我们常常报道照护杀人案,媒体会理所当然地在报道中曝光当事人的真实姓名,拍摄案发现场的房屋,甚至透露当事人的住址。向公众报道"杀人犯"情况的时候,却闭口不提案件的详细背景。也就是说,总是不能与当事人共情。

借口总是能找到的,比如,短短一分多钟的新闻无法传达案件全貌；再比如，如果当事人已经被拘留或是锒铛入狱，媒体采访他就难如登天。还有，由于互联网的迅速普及，人们消化信息的速度也变得很快。就算是备受瞩目的案件，也可能一天之后就被人忘得干干净净。此外，人们的注意力也很容易被眼前迅速变化的事物吸引。

不过这都是为了逃避高难度采访而找的借口罢了。

所幸 NHK 还有一个时段，能播出长达 49 分钟的纪实节目，那就是"NHK 特别节目"。只要我们尽全力搜集信息、用心呈现照护杀人案当事人的情况，做出专题报道节目，是不是就能把新闻里没讲到的故事更完整地传达给公众呢？

我们最先着手进行的工作，就是直接采访照护杀人案当事人。

日本全国范围的采访

然而，采访工作突然碰了壁。

那时候，我们想采访千叶县中央东部茂原市发生的一起案子，男性当事人住在新房林立的新兴住宅区。屋檐下的花盆里盛开着鲜花，小朋友们的欢闹声不断在我们身边响起。在这恬静城镇的一隅，在无人在意的角落，却有人被逼到绝境，成了照护杀人犯。

我们站在当事人的家门口，周围的房子都是新建的，只有他家还是旧房子。

站在大门口,透过磨砂玻璃能看到屋里的鞋柜。

我们按下了对讲机按钮。他究竟会不会接受我们的采访呢?我们紧张起来。但是,等了几分钟,完全没人出来。

我们向邻居打听情况。邻居说,案发以后他就不住在这儿了,也没有人知道他现在的行踪。当初负责本案的律师只告诉我们,他住在"千叶县的某个福利机构"。但是由于律师有保密义务,他没有对我们透露更多信息。我们又请这位律师给当事人的亲属带了一封信,希望能采访他们。这封信也石沉大海。

别说当面采访了,居然连见见他都做不到。

虽然这也在我们的意料之中,但是采访工作的推进之路确实非常坎坷。不过我们并不打算就此止步,反而更加坚定了组建采访团队、全面调查日本全国照护杀人案的决心。

于是在2015年的秋天,"照护杀人采访组"正式成立了。

首先,我们做了漫长而耐心的调查工作,力求全面了解日本全国各地发生的照护杀人案情。那时还没有人对照护杀人案进行过详细调查,我们甚至不知道日本全国确切发生过多少起案件。因此我们决定,把2010—2015年NHK报道过的照护杀人案新闻原稿、当初的采访记录和审判资料等都找出来。

事实上,光是搜集这些历史资料就花了我们2个月时间,只靠东京采访组10个人的力量是没法把这6年间的案件全部调查清楚的。于是,我们向NHK国内各地分台负责案件报道的记者求助,邀请他们参与调查。他们采访案件与事故的工作本来就很忙，但还是在百忙中腾出时间来帮我们。各地 NHK 分台仓库里的历史采访笔记和过去的判决资料都被找了出来，在堆积如山的文件中，我们找出了照护杀人案相关的内容。

在日本全国记者通力合作、花费了大量时间和精力之后，我们终于站在了起跑线上。当时，我们只知道"案发时间与地点"，而最关键的"原因"，只能通过直接采访当事人方能得知。

我们搜集到的案件涉及超过 100 位当事人。东京采访团队和各地电视台的记者彼此配合，开始了地毯式的走访。

被拒绝的日复一日

一次，我们到了日本山阴山阳地区的某个住宅区。身为照护者的男性当事人殴打自己 80 多岁的老母亲，以伤害致死的罪名被逮捕。

这户人家的房子明显已经荒废了，房门外垃圾成堆。大门口全是纸箱和水桶，甚至没法走过去敲门。于是我们绕到厨房旁边的后门，敲了几下，喊道：

"不好意思，打扰了——"

没人搭理我们。过了 10 秒左右，就在我们几乎要放弃的时候，玻璃门后出现了一个人影。来开门的人是个 50 多岁的中年男人，应该就是本案的当事人。我们是下午 2 点多登门拜访的，但他那个时间还穿着睡衣，头发睡得很乱，眼神空洞，毫无生气。看着满脸憔悴的他，我们很难张口。一阵沉默后，记者终于说道：

"我们是 NHK 的，正在进行对照护者的采访……"

他低声咕哝了一句："不用了。"接着便把我们拒之门外。

这就是我们见到的第一位照护杀人案的当事人。

即便他母亲已经去世了，我们还是能感受到他的状态依然很糟。我们迟疑着要不要再按一次铃，但也担心我们的采访再次把他逼到绝路上，甚至结束自己的生命。

我们和他的邻居聊了聊，听说他以前经常跟人打招呼，邻居都觉得他人很不错。人们也常看到他买两人份的便当带回家当午饭。但是案发以后，邻居们就几乎没见过他了。

他被照护逼到走投无路，殴打了母亲，但检察机关后来对他做出不起诉的决定，没有问他的罪。可是，当时的新闻报道中曝光了他的真实姓名，说他是"犯罪嫌疑人"。我们一想到这可能就是他现在还活在痛苦之中的原因，就觉得很揪心。

以"与当事人共情"为出发点的采访简直太傲慢了。当事人并不希望谁来与他们共情。

我们翻遍日本全国审判历史资料找出了当事人的住址，即便他们并不一定还住在原来的家。不过还是有 1/10 的案件当事人被我们找到了——有一小部分没搬家，还有一部分人的老邻居知道他们的去向。然而，找到当事人以后，我们面临着新的困难——他们拒绝接受采访。

制作节目的初衷

2016年的2月下旬,采访团队在NHK社会节目部角落里的会议室召开了一次会议。

此前我们试图和超过100位案件当事人进行接触,这个会就是为了汇总结果而开的。

但所有人都缄口不言。情况非常严峻,愿意在镜头前说出案件背后故事的当事人,甚至连一个都没有。

采访组已经成立了4个月。花了2个月时间收集案件材料后,在这个基础上逐一联系当事人,又花了2个月。会议室里充斥着找不到突破口的焦虑气氛。

负责关西地区的记者打破了沉默:

"啥收获也没有。我们联系的当事人什么都不愿意说。媒体当初说他们是杀人犯,现在想让他们跟媒体讲自己的心里话,实在是太难了。"

全员都有同感。不仅是当事人自己,街坊邻居往往也不愿提到案子,他们的亲戚也过着低调的生活,尽可能避免接触和案件有关的人和事。"不想被人觉得自己跟杀人案能扯上关系。"人们都希望保护自己的生活,这是很好理解的。

"记者在采访中切身感受到,当事人就算被判的是缓刑,也没法正常过日子了。毫不夸张地说,杀人案彻底颠覆了他们的人生。"

照护杀人案发生在家庭的内部,当事人及其家人当然希望让他们自己安静地生活。所以我们站在采访对象家门外，伸手按铃之前，都要再问自己一遍："我们为什么要做这个节目？""为了做这个节目，我们打扰了这些想安静过日子的人的生活，在道义上站得住脚吗？"

即使每天都在遭遇拒绝，采访组的每个成员依然抱持着使命感，要贴近当事人，向观众传达悲剧背后的真实情况。

"不能让悲剧重演。正因为如此，我们必须弄清照护杀人发生的原因。"

"我们的采访不应该把当事人描绘成'杀人犯'，而是要让观众感受到，他们是因照护而走投无路的活生生的人。"

"在这个时代，谁都有可能突然要照护自己的家人。因此，我们更应该制作出让观众能够与'当事人'产生共鸣、激发人们重新思考照护的节目。"

但是，单靠使命感是没法说服采访对象的。我们反复讨论，无论如何都希望当事人面对镜头讲述自己的故事，究竟是为了什么。

最终，我们确定了节目宗旨——让观众感受到"何谓家人"。

并不是将采访对象当作杀人犯来示众，而是让观众感受到他们也是人夫、人妻、人子……这成了采访团队的共识。

此后，我们向采访中遇到的每位当事人逐一耐心解释这个经过反复论证的节目宗旨。

节目播出后有时候会有人来问，为什么我们能采访到当事人。但实际上我们并没有任何捷径。我们直接去找采访对象，当面和他们直接沟通节目组的想法,唯一能做的,就是一直坚持下去,直到采访对象开始相信我们。

这样过了好几个月,终于有人愿意跟我们聊聊了。采访开始渐渐取得了突破。

如何定格夫妇之间的画面——摄影师眼中的现场

NHK特别节目《我杀死了我的家人:"照护杀人"当事者的自白》是从春寒料峭的3月开始拍摄采访的。

拍摄总共进行了3个多月。作为摄影师,我和导演、记者一起到日本全国各地的"照护杀人"一线去,用影像悉心记录当事家庭中的种种细节。

我们去了坐落于河边的木造公营平房、造访人口老龄化不断加剧的巨型公寓区中的某户人家、前往老城区拥挤的长屋建筑,还有除了人迹稀少和隐约透露出的萧索气息,随处可见的平凡城镇。

我想尽可能真实地还原案发之前夫妻或亲子之间的生活状态——探访他们留下回忆的场所,看看他们眼中世界的模样,想象着过去发生的一切,并用摄像机不断地记录下来。

有一对夫妇每年春天都要去看他们非常喜欢的一棵大樱花树。

还有一对夫妇常常在咖啡馆里点一块蛋糕,两人分享。因为想要享受"外出感",还特意到车站去买车站便当来一起吃。

这些发生在家人间的故事，和"杀人案"给人留下的印象相去甚远。但就是在这些普普通通的家人之间，发生了照护杀人案。

在还不需要照护的时候，作为夫妻、父子……他们的生活是怎样的？一定就像任何普通的家庭那样其乐融融，偶尔也会发生矛盾，但总是互相支持和安慰。

我们非常重视现场感，尽可能以普通的方式来拍摄，认为这样可以更接近家庭成员的日常所见。当然，摄影师的主观想法对拍摄结果会不可避免地有些影响，但我还是希望尽可能地贴近他们的视角，在这种想法驱动下进行拍摄。

摄影业界有时会利用调色手法表现情绪，用红色渲染温暖、用蓝色描绘悲伤。但我还是尽量原封不动地再现了那些场景本来的色彩。

通过影像"共情"

在节目中，有4位当事人接受了拍摄采访。这是记者和导演持之以恒沟通的成果。拍摄开始前我们会闲聊一些无关紧要的话，他们看起来很谦逊认真，给人的印象都很好。

这应该是因为记者和导演之前就和他们维持了良好的关系，也可能要归功于他们已经理解了我们的采访意图。

不管怎么看，他们都是"好人"，完全看不出是"杀人犯"。

但开机后，他们的样子完全不同了。时而情绪激动，时而悲痛欲绝，极度悲伤地向我们讲述自己杀害丈夫、妻子、母亲……的事实。

对当事人的采访都是匿名进行的，有时候是拍他们的背影，有时候则是拍他们脸部以下的画面，也就是所谓的"不露面拍摄"。不过在表现人类感情方面最有说服力的毕竟还是面部表情，身为摄影师，我们是想要拍到采访对象表情的。但是在无法拍脸的时候，应当如何通过画面传达采访对象的想法呢？

通常情况下，为了使拍摄画面保持稳定，我们在采访时大多会使用三脚架。但这一次，我们没有用三脚架，而是把摄像机扛在肩上进行移动拍摄。

采访开始后，不仅要听对方说了什么，还要听他说话的声调。这样就能感受到他哪怕最微小的情绪波动。

摄影师要全神贯注地关注采访对象不经意间的动作神态。密切留意房间里的气氛，努力让自己的感官变得更加敏锐，设法将他们的心理活动以视觉化的方式呈现出来。

好不容易才得到了采访他们的机会，就算拍不了他们的面部表情，我们还是想要毫无保留地传达他们的思想感情。想到痛苦的回忆，他们的拳头就会攥紧。在难以用语言进行表达时，他们的手指会有动作。叹气的时候，上半身也会动。我们希望通过这些细微的动作让观众感受到当事人内心深处的感情。

写在最后

在本书撰写过程中，负责采访长谷川先生的记者也经历了祖母的离世，老人享年 95 岁。

她因为身患阿尔茨海默病而住进了照护机构。

在祖母身体情况恶化住院后，记者的母亲和兄弟姐妹住进医院里照护她，记者本人有时也会独自陪在她的床边。

祖母不喜欢戴氧气面罩，总是立刻就把它给摘掉。因此家属必须时刻注意老人的情况。

温柔和蔼的祖母变成这样，让人非常难过。完全无法和她用语言沟通，一而再、再而三，会让人感到徒劳。采访照护杀人者时听到的那些话浮现在记者的脑海中。

如果自己也面临独自照护亲属的情况会怎么样呢……

记者对挣扎在照护泥潭中的人感同身受。的确，他们在任何时候做出任何事来都不奇怪。

一想到同意接受采访的各位当事人做了多么艰难的决定，我们就深深感到绝不能让他们的心声付诸东流。在此，我们想再一次对帮助过我们采访的各方人士表达衷心的感谢。

后　记

从很久以前开始，我听到"照护杀人"这个词的时候就会觉得很别扭。因为"照护"和"杀人"这两个词，原本是完全相反的含义，却被放在了一起。为什么从"照护"这种关爱他人的行为中会孕育出伤害他人的"杀人"意图呢？但是，这两种相互矛盾的行为，从过去到现在一直在发生。

为什么"照护杀人"现象在日本层出不穷，案件背后究竟隐藏着什么？这就是我们本次节目采访的起点。

参与本期节目采访的记者和导演，在平日的工作中负责的领域各不相同，可以说是一支"混合部队"。只是，大家都对"照护杀人"这个现象有所思考。

有位记者常年负责案件报道，在派驻地区采访了照护杀人案之后，对照护杀人现象层出不穷的原因始终抱有疑问。

有位记者希望从资料新闻学[1]的角度来分析照护杀人行为。

1　资料新闻学，指通过分析、筛选大量资料，以产出新闻报道的新闻处理程序。

有位记者想从审判采访中了解照护杀人的案件背景。

还有些记者和导演曾报道过"无证养老院"等相关问题。

尽管成员的关注点不尽相同,但大家的共同目标是希望尽可能地减少"照护杀人案"的发生。

在本节目的采访中,我们尽最大努力在日本全国范围内搜集了过去6年间发生的照护杀人案,根据审判资料详细分析了每个案件各自的照护情况、照护时长和案发经过等。

逐一查看每件案子后,我们发现,司法实践中对照护杀人行为的量刑标准相当不一致。当然,每个案件的具体情况都不相同,但说实在的,毕竟同样是"照护杀人案",居然还会有这么大的差别,不免叫人惊讶。

有些人因为照护经历非常艰难困苦,法院对其酌情从轻判决,并且给予缓刑;而有些人,虽然法院也认为他们经历了照护疲劳的情况,但减轻照护负担还有其他可以不犯罪的方式,所以判处他们实刑;有些人照护时间很短,却得到缓期执行判决;也有人长期照护家人,却被判处实刑……不同案件的情况不同,量刑的区别也很大。

其中,有的案件当事人在掐住自己照护对象的脖子时犹豫不决,反而被认定怀有杀意,被判处实刑。法官往往根据照护的情形和时长来决定量刑,但量刑的差异又很大。很显然,"照护杀人案"是连专门负责审判的法官都感到棘手的案件。

在播出这期节目时,我们持续感受着我们的节目与此前那些以"照护杀人"为主题的电视节目和新闻有什么不同。

"照护杀人"在此之前已经被各种各样的媒体报道过，包括照护者求助无门、独自面对问题的情况，还有政府和社区为防止照护者陷入孤立无援的状态而采取的措施。可以说，这是个看似很新的老问题。

而我们采访组的坚持，是传递"照护杀人"当事人的真实心声。为什么人们会犯下照护杀人罪？从以前就一直被不断指出的问题为何无法彻底解决？我们希望能尽量逼近这个问题的真相。

只是，与当事人之间的距离感是需要慎重把控的。节目编辑过程中，我们的心头始终牢记着这一点——不管出于什么理由，杀人是绝对不可饶恕的罪行。当然，我们做了很多周边采访，而且尽量以客观的视角确认案件情况。但是受害者已经故去，我们没法采访他们，所以也一直在担心，只报道加害者视角的内容是否会导致人们对案件真相的误解。

尽管如此，我们还是想要传达当事人的声音。不是说些漂亮话，而是报道照护的真实情况。一定要直面这个问题。这是整个采访组的殷切心愿。

我们也曾想过，节目播完后或许会收到很多观众的批评意见，认为我们太为罪犯说话了。但实际上，我们收到的反馈大部分都是"我也有同感"这样的友善感想。这更让我们体会到当今日本社会的照护问题已经非常严峻了。

在节目采访中，我们能够发现，照护者被每天的照护工作压得喘不过气，精神状态非常紧绷，稍不留神就会因为一点儿小事脱轨。采访团队的成员中没有人照护过家人，但是，包括我在内，每个人都有可能在某个特定时刻承担起照顾他人的责任，我们生活的时代就是这样的。有多少人可以自信地说，自己在照护的时候绝对不会犯下照护杀人罪？我们与照护杀人犯之间，并不存在所谓的一线之隔。谁都可能陷入困境。

在这种情况下，要如何防止"照护杀人"？这个问题显然无法简单地找到解决方案。否则，照护杀人现象早就该消失了。或者说，由于找不到好的解决方法，这个问题才一直存在。

但是，子女杀害生养自己的父母、家庭中的一位成员杀害共同生活的另一位成员，这肯定是悲剧。我们希望尽量减少这样的悲剧。虽然寻找答案并不容易，但通过我们的不断报道与传播，相信总有一天能找到解法。怀着这样的信念，我们将继续报道下去。

最后，我想向接受采访的案件当事人及其家人和相关人士表示衷心感谢。想要防止照护杀人的发生、绝不能辜负各位采访对象的期待——可以说，正是这种强烈的愿望促使我们完成了这期节目。我还想借此机会向负责警方条线的各电视台编辑与记者表达谢意，他们在繁忙的报道工作中，为我们搜集日本全国范围内的照护杀人案件提供了大量帮助。另外，也要感谢采访组的各位记者、导演，还有支持我们的众多相关人士。最后，要感谢新潮社的冈田叶二朗先生，他在本书出版过程中提出了诸多建议，并将我们总是晚交的原稿整理成书。

就在我写这篇文章的时候，东京都内又发生了一起照护杀人案，一位80多岁的老人在家里用领带勒死了他正在照护的妻子，她身患阿尔茨海默病。犯罪之后,老人服下安眠药想要自杀。家里留下了一张纸条,上面的字迹很有可能是老人写下的:"对不起,我已经撑不住了。"老人保住了性命,但在住院期间,他说了很多次"明明已经在一起60年了,真是对不起她"。

再也不想让这样的悲剧重演了。我们要经常自问:我们能做些什么?

NHK新闻局社会部警视厅跑口资深记者　渡边和明

NHK 特别节目
《我杀死了我的家人:"照护杀人"当事者的自白》

节目工作人员

旁 白	摄 影	音 频
柴田祐规子	村石健志	山田伸雄

影像技术	影像设计	音响效果
员田早织	宫岛有树	定本正治

灯 光	剪 辑	
富田弘之	川神侑二	

采 访		
石崎理惠	久米兵卫	冈田真理纱
永野麻衣	桥本尚树	冈山友美
大西咲	大泷一弘	斋藤惠二郎
渕上伟织	秋冈英治	
山尾和宏	市川不二子	

导 演		
丸冈裕幸	小木宽	

制片统筹		
横井秀信	松冈大介	
渡边和明	那须隆博	

NHK 特别节目
《我杀死了我的家人："照护杀人"当事者的自白》
获得以下奖项

美国国际电影及电视节
（US International Film & Video Festival）
纪实类：社会议题组 银幕奖

芝加哥国际电影节·电视奖
（Chicago International Television Festival）
电视节目制作组：非虚构类 金牌奖

第 54 届银河赏
（ギャラクシー賞）
鼓励奖

2016 年媒体雄心大奖
（メディア・アンビシャス大賞）
影像部门媒体奖

法国多维尔电影节绿色奖
（Deauville Green Awards）
人口转型和高龄者生活依赖性分组 入围奖